"十三五"
国家重点出版物出版规划项目

2019年度
中国科协学术资源
科普化项目资助

中国科普博览
WWW.KEPU.NET.CN

爱上科学
科学引领未来

把科学讲给你听

中科院 SELF 格致论道讲坛 著

别人家的孩子，长大都在做什么

1

人民邮电出版社
北京

图书在版编目（ＣＩＰ）数据

别人家的孩子，长大都在做什么. 1，把科学讲给你
听 / 中科院SELF格致论道讲坛著. -- 北京 ：人民邮电
出版社，2019.12
（爱上科学. 科学引领未来）
ISBN 978-7-115-51039-6

Ⅰ．①别… Ⅱ．①中… Ⅲ．①科学技术－演讲－世界
－文集 Ⅳ．①I16

中国版本图书馆CIP数据核字(2019)第058331号

◆ 著　　　　中科院 SELF 格致论道讲坛
　　策划编辑　周　璇
　　责任编辑　魏勇俊
　　责任印制　彭志环

◆ 人民邮电出版社出版发行　　北京市丰台区成寿寺路 11 号
　　邮编　100164　电子邮件　315@ptpress.com.cn
　　网址　http://www.ptpress.com.cn
　　北京博海升彩色印刷有限公司印刷

◆ 开本：690×970　1/16
　　印张：10　　　　　　　　2019 年 12 月第 1 版
　　字数：176 千字　　　　2019 年 12 月北京第 1 次印刷

定价：59.80 元

读者服务热线：(010) 81055493　印装质量热线：(010) 81055316
反盗版热线：(010) 81055315
广告经营许可证：京东工商广登字 20170147 号

编委会

前　言

中科院"SELF格致论道"是中国科学院计算机网络信息中心与中国科学院科学传播局联合创办的兼具原创性与影响力的科学文化讲坛。"SELF"4个字母分别代表Science、Education、Life和Future，"格致"是"格物致知"的简称，提倡以"格物致知"的精神来促进科学、教育、生活和未来的发展。

该讲坛秉承"精英思想的跨界交流"的宗旨，以科技工作者、学生及社会公众为主要对象，围绕科学、教育、文化、艺术等话题，每月举办一次剧院式演讲活动，将各领域的杰出人士邀请到极具艺术氛围的剧院里，由受邀者以独白式的演讲分享自己的思想、观点和感悟。至2019年5月，该讲坛已经在北京、上海、香港、广州、成都等城市举办了40多场演讲活动，邀请包括知名科学家、艺术家、教育学者、企业家在内的200余人登上舞台进行演讲。

"爱上科学·科学引领未来"系列图书精选了该讲坛2014年至2016年间诸多优秀演讲者的演讲内容，话题覆盖了干细胞、暗物质、暗能量、核能、航天、人工智能、量子通信、机器人、大飞机、北斗、基因测序、精准医疗、医药材料等前沿科技领域，以及家庭教育、学校教育、美术教育、超常儿童教育、创新人才培养等教育领域。经分类整理，形成了6册图书，包括讲述深海深空探索的《阅读宇宙：从浩瀚苍穹到神秘深海》、讲述物理和化学微观世界的《冷原子 热太阳：从量子物理到美丽化学》、讲述DNA与大脑前沿技术的《生命新知：从DNA到大脑的研究》、讲述青少年教育的《出围墙记：青少年前沿教育与心理》，以及"大咖"们分享生活经历的《别人家的孩子，长大都在做什么1：把科学讲给你听》和《别人家的孩子，长大都在做什么2：艺术在每个角落》。希望这一系列图书能让更多的人尤其是青少年朋友了解前沿科学的进展，体会科学的魅力，感受各领域"大咖"们坚持不懈追求梦想的精神和勇气。

注：本书中未标明出处的图片，均来源于文章作者本人。

序　一

科学教育、科学普及漫谈

中科院SELF格致论道讲坛让我给青少年讲些鼓励的话。由于我已八十四岁，比青少年多走了些"弯路"，所以我就谈谈其中一些深刻的体会。

人各有志，"三百六十行，行行出状元"。但一个人很难样样都做好。通常只能在你擅长的事中挑重要的做，在重要的事中挑擅长的做。

《卖油翁》这个故事中出现了两个人物，其中的卖油翁倒油非常准，而陈尧咨射箭非常准。故事里卖油翁觉得陈尧咨射箭很准这件事，"无他，但手熟尔"。而当我们跳出故事来看，同样是"但手熟尔"，卖油翁和陈尧咨的人生却截然不同，这就是一个方向的问题，你选择的方向一定程度上决定了你未来的人生。有成就的人能够取得突出成绩、能够对国家和人民有贡献，多是因为挑好了方向。

有了方向更得努力。通常有成就者花了几十年时间才能做好一件大事，这就需要有乌龟或蜗牛的精神，始终朝一个方向爬，而不能像兔子那样东奔西跑，最终偏离了方向。培根曾说过，跛脚而不迷路的人能够超过健步如飞却误入歧途的人。我认识一位国内做数学教育的专家，他花了数十年时间最后找到了正确方法，结果比世界上很多人都做得更好。很多人不肯花数十年时间只做一件事，他们像兔子一样坐不住；而有些人肯花几十年，像乌龟或蜗牛一样坚持不懈，最终爬到了顶峰。只要你抓住好问题，肯下笨功夫，就可以做得很好。我觉得有人选择出国学习，这当然很好，但有人在国内做得更好。比如于敏，他没有出过国，却成了中国的氢弹之父。他对国对民有多大贡献，大家都有目共睹。

习近平总书记已将科学普及与科技创新提到同等地位，我们迎来了科普的春天。只有当一项科研成果能够借由科学普及的翅膀传播开来，它对国家和人民的贡献才能广为大众所知。例如青蒿素，在它首次被合成出来到其发现者获得诺贝尔生理学或医学奖期间，已经拯救了无数生命，但直到媒体因为它的发现者可能获奖，而对青蒿素为人类健康做出的贡献大加报道的时候，大众才真正了解了屠呦呦的工作成果。如果能够更简单易懂地解释各项科研成果，让青少年和大众知其然且知其所以然，那对于我国的科学普及来说真是一件大好事。我这里强调一下，真正的科普并非易事，如果你能提供比现有科学界、教育界所提供的更简单的科学解释，那你也是科学家。

——林群

中国科学院院士

中国科学院数学与系统研究院研究员

序 二

科普，不仅仅是知识的传播

听闻中科院"SELF格致论道"讲坛推出的这套科普丛书即将出版，我非常高兴。作为一个科研工作者，我一直很赞同科研人员根据自己的具体情况适当参与科普工作。一方面，作为科研人员，我们有义务用掌握的知识解答国民最为关心的热点科学问题或相关社会问题，揭露伪科学；另一方面，做科普也能推动科学发展，让更多人了解科学，提升科学在公众尤其是青少年中的影响力，从而吸引更多的人投入到科研工作中来。

此外，科普不能被狭隘地理解为科学知识的传播。从这一意义上说，科学传播是一个更好的概念，我们向公众传播的除了科学的知识或常识，还包括了科学的精神、科学的逻辑与思维，而后者或许对提高国民的科学素质、弘扬科学文化有着更为深远的意义。所谓的科学精神，在我看来，至少应当包括：探索创新的精神、对事实的客观判断与尊重、理性的质疑、逻辑的思维与推理，以及对失败的包容等。科普不能停留在让大家知道"这是什么"，还得让大家知道"为什么、如何做、有什么问题"，只有这样，才能加深公众对科学的理解和认识，激发他们内心对科学的好奇心。科学的发展很大程度上就是好奇心驱使的，我们应该重点培育公众的探索精神，这也是科学精神的启蒙。

而对于解释"为什么、如何做、有什么问题"这样的问题，科学家有不可替代的作用。科学家最了解前沿科学进展，最能体会科学研究既有发现的乐趣，也充满曲折和艰难。他们也最有资格告诉公众，科学是不断发展的，虽然我们现在解决了一些问题，但是还有很多问题是现在科学无法解决的，科学是神圣的，但不是万能的，而且科学研究还需受到科学伦理的约束。

科学家应该如何传递科学精神？过去几年科学普及历史性地被提升到了国家战略的高度，全国各学科领域涌现了一大批崭新的科普形式。在众多科普活动中，我所了解的中科院"SELF格致论道"讲坛组织的演讲活动，可以说是其中的佼佼者。他们邀请科学家登上演讲台，分享自己的科研经历和故事，讲述科研过程中碰到的问题和烦恼、解决问题的思路和方法以及问题解决后的狂喜，他们不单纯追求知识的传播，还着眼于科学精神和思想的传递、科学情怀的抒发，通过经历、方法、观点来打动公众，让公众真正体会到科研的曲折和科学魅力。可以说，中科院"SELF格致论道"讲坛抓住了科普"传递科学精神"的精髓。

经过5年时间的积累，中科院"SELF格致论道"讲坛现在要推出这套内容涉及天文、地质、生命、物质等科学领域的图书，我相信将会有更多的青少年读者从这些科学家所讲述的经历和故事中受到启发和激励，或许还能追随他们的脚步，步入科学的殿堂。而对更多已经步入成年的读者来说，这也是难得的科学熏陶，或许他们不会从事科学的研究，但一定会成为推动科学精神与科学文化植入民族之魂的重要力量。

——周忠和
中国科学院院士
中国科普作家协会理事长
中国科学院古脊椎与古动物研究所研究员

序 三

科学启蒙一百年　科普进入新时代

一百年前的1919年，以青年爱国学生为主发起的五四运动在中华大地爆发。他们打出了"德先生"和"赛先生"这两面旗帜，倡导新文化运动。从科学传播和普及的角度看，这可以说是中国的第一次"科学启蒙"。由于当时中国社会面临的危机是民族存亡，"德先生"和"赛先生"并没能在中国真正落地。然而，五四运动促进了反封建思想的发展，最终诞生了中国共产党，从西方传来的马克思主义在中国生根开花，与中国的实际相结合，夺取了革命的胜利，建立了新中国。经过四十多年的改革开放，我们进入了中国特色社会主义新时代，才有了今天中华民族复兴的大好局面。

1956年，党中央号召全国人民"向科学进军"，可以说是中国的第二次"科学启蒙"。政府随后制定了发展科学技术的"十二年规划"和"十年规划"，催生了以"两弹一星"为代表的一大批科技成果，建立了新中国的工业体系。然而，由于当时中国急需的是国防和工业技术，因此更多的是在"向技术进军"，"科学启蒙"还没有放在重要的位置。1978年全国科学大会召开，邓小平同志发表了"科学技术是生产力"的著名论断，"科学的春天"到来了，这可以说是中国的第三次"科学启蒙"。从那时到现在，对知识的渴望和追求就一直是中国社会发展的主要动力之一。所以，我更愿意把1978年的"科学的春天"，称为"科学知识的春天"。

这三次"科学启蒙"都对中国的发展起了关键的作用，有力地推动了社会的进步、文明的发展和国家实力的迅速提升。然而，直到今天，中国社会整体的科学素养仍然有待提高，科学精神仍然比较缺乏，伪科学在许多地方依然以各种面目招摇过市，谣言和骗局也仍有其传播的土壤。中国社会迫切需要第四次"科学启蒙"。

2016年，习近平总书记在全国科技创新大会、两院院士大会、中国科协第九次全国代表大会上指出："科技创新、科学普及是实现创新发展的两翼，要把科学普及放在与科技创新同等重要的位置。没有全民科学素质普遍提高，就难以建立起宏大的高素质创新大军，难以实现科技成果快速转化。"这是首次把"科学普及"提到了前所未有的高度，吹响了中国第四次"科学启蒙"的号角。以高度重视"科学普及"为标志，这一次"科学启蒙"的深度、高度和广度都是前所未有的，必将对中国的发展产生深远的重要影响。

科普的重要性无须再讲，全社会对科普的热情和支持也是前所未有的。那么科普应该怎么做：对谁科普？科普什么？怎么科普？谁来科普？

从我这么多年做科普的经验来看，科普的对象几乎是所有人，从幼童到老人，各种专业、各种职业，在职的、退休的都有，比常规教育的覆盖面要广得多。然而，科普又不能取代常规教育，只能是教育的补充。那么"科普什么"就很重要了。由于离开学校之后，大部分人就失去了系统学习的机会，所以通过科普获取知识，尤其是获取那些学校不教或者关于科学前沿发展的科学知识，就是不少人参加科普活动的目的之一，这也理所当然地成为科普的目的，同时这也是大部分科普活动的主要内容。然而，如果没有科学素养的提升、缺少科学精神、不掌握科学方法，就会出现边学边忘、人云亦云的情况。这就是今天社会上骗局和谣言层出不穷的主要原因。因此，我们不但要普及科学知识，更要普及科学方法和科学精神，使得公众具有明辨是非和自我学习的能力。

尽管科普很重要，然而对于绝大部分人来说，"被科普"尚不是刚需，大家只会选择参加"有吸引力"的科普活动，也只有在参加了科普活动之后觉得有收获了才会继续参加。而对于做科普的我们来说，我们希望传达的信息能够尽可能多地被接收。因此，科普活动本质上更像是一种"通信"，有发送方，有接收方，而通信的效果只能以接收方接收到的有效信息量来评估。即使发送得再多、再深刻、再精确，如果接收方没有收到，通信就是失败，科普就没有效果。

那么怎么做科普才能使效果好呢？我总结了九个字：抓热点、接地气、讲故事。"抓热点"就是用热点的主题吸引公众参加，"接地气"就是要消除与公众的距离和障碍，"讲故事"才能够始终留住公众的注意力。我个人做科普就是十足的"机会主义者"：捕捉各种热点（例如星际穿越、引力波、流浪地球、黑洞照片等），通过公众喜欢的各种途径（我自己不做微信公众号、博客或者微博，但是会利用各大流量媒体、平台），以各种方式进行科普，在科普中穿插各种桥段和故事。经常有人向我提起我很久以前在某个科普活动上讲过的故事，而我甚至都不记得了。

那么谁应该做科普呢？我认为应该有三个群体。第一个群体是做科学新闻报道的媒体人，第二个群体是科普专业工作者（比如科普作家，或者由科学家成功转型的作家），第三个也是最大、最主要的群体就是科技工作者，主要是指正在从事科学研究的职业科学家。这三个群体各自都有其优势和不足。我本人特别支持多样性，特别不喜欢千篇一律，这背后深层次的原因和我的美学理论有关（我曾经在SELF讲坛上做过演讲，这里省略一万字）。因此，我希望这三个群体都能够扬长避短，使我们新时代的科普能够百花齐放，既有红牡丹的艳丽，也有白牡丹的素雅，也包容黑牡丹的卓尔不群。

我自己属于第三个群体，是职业天文学家。第三个群体虽然具有知识以及亲身做科研的优势，然而就科普的效果来讲，有特别大的提升空间。一方面，我们工作特别忙，根本不是什么"996"能够打住的，我们的全职工作就是全时工作，即使不在实验室、办公室或者家里工作的时候，也都在思考学术问题，所以能够抽出所谓的一点点业余时间做科普实在是非常大的挑战。因此，我们的演讲和科普文章就延续了工作的模式，与学术报告和学术论文区别不大，力争全面、系统和严谨；也许是抓了热点，但是既不接地气，也不讲故事，结果就是发送方很辛苦，接收方收获很小，听众乘兴而来，扫兴而去！有一次某地科技馆的一位老师告诉我，她组织了上百场科学家的科普报告，她自己受了上百次煎熬：实在是听不懂，但是既不敢离场，也不敢睡觉，事后还得感谢科学家！

这个问题怎么解决呢？到SELF的舞台来，18分钟，一个观点，一段故事，一个火花，一次通信效率满分的科学普及！我参加过多次SELF的科普活动，做过演讲，担任过主持人，甚至还作为辩论人与我的好朋友进行过一场大辩论。SELF不仅与嘉宾商讨确定"热点"话题，也请专业演讲培训老师指导嘉宾，确保每一个演讲都既"接地气"又"讲故事"；SELF平台不仅仅是做了很多场科学普及的活动，我觉得更重要的是培训出了一批优秀的科学家科普人。本丛书就是SELF科普成果的一个缩影，你值得拥有！

——张双南

中国科学院高能物理研究所研究员

中国科学院粒子天体物理重点实验室主任

"慧眼"卫星首席科学家

〔目　录〕

Education

Science

Future

Life

第1章

把科学讲给你听

张双南

/

什么是科学

张双南，中国科学院高能物理研究所研究员、粒子天体物理中心和粒子天体物理重点实验室主任，致力于黑洞、中子星、相对论天体物理、宇宙学等研究；科技部973项目"黑洞以及其他致密天体物理"和国家重点研发计划"致密天体观测研究"首席科学家、硬X射线调制望远镜（HXMT）"慧眼"卫星首席科学家。

　　我曾经接受《科学》杂志的采访，当时记者问我，你在国外做教授做得好好的，怎么回国了？

　　我在国外任教授，教天文学的课程，但是教材里大多是外国人的名字。我们中国有5000年非常令人骄傲的文明史，但在科学教科书里面，很难找到中国人的名字。也就是说，中国人对现代科学的贡献很少。所以我当时对记者说，我希望对这件事情有所改变，这是我回国的动机。

要想更好地了解什么是科学，我们就需要去研究一下西方的科学体系，古希腊的科学可以作为一个很好的出发点。虽然古希腊的科学也有错漏之处，但是它促进了今天正确的科学的产生。所以，如果我们要想理解科学，要想理解科学史，就需要看看古希腊的科学到底是怎么产生的。

古希腊人的宇宙观是地心说，是毕达哥拉斯和亚里士多德提出来的，主要原因是基于当时天文观测所建立的模型。我们在地球上看太阳升起来、月亮升起来、行星也是升起来又落下——很显然，它们是围绕着地球在转动的。

但是，新的天文观测却和朴素的宇宙观产生了矛盾，就是所谓行星逆行的观测。有人发现，如果所有天体都绕着地球转，大多数时候它们都是顺行的，但有时候又会绕回去，也就是行星有时候会逆行。这很显然和亚里士多德的地心说是矛盾的。已有的理论模型和新的观测结果对不上，就要修改模型。不管你是基于多么崇高的目标提出来的理论模型，都要修改。

托勒密提出了本轮说，他说："我仍然坚持地心说，但是我给每个天体加一个轮子，它在绕着地球运动的时候，同时绕着自己的一个轮子在转动。"行星的逆行是一个真实的运动，我们在地球上看起来大多数时候是顺行的，偶尔也会倒回来。他的理论是可以较好地描述观测的。

有人觉得，这样有点画蛇添足，不够美，所以哥白尼基于他的美学观念，提出日心说。他说，如果我倒一倒，不把地球放在宇宙的中心，而把太阳放在中心，包括地球和其他行星在内的太阳系天体都绕着太阳做轨道运动，行星的逆行就是相对运动产生的视运动。

因为地球和行星绕着太阳运动的角速度不一样，也就是周期不一样，所以它大部分时候看起来顺行，偶尔会逆行回来。用这个模型也可以描述观测，但是精度并不高，还不如托勒密的本轮说。但是哥白尼认为他这个学说更加合理。

后来开普勒改进了哥白尼的日心说，他做的事情并不是特别复杂。他把哥白尼的日心说里面的圆轨道改成了椭圆轨道，然后就发现，它完全可以解释当时的全部观测资料。开普勒三定律非常精确地描述了行星的运动。

牛顿把当时所有的观测结果，就是开普勒定律以及伽利略所提出来的相对性原理、惯性原理，再加上他原创的牛顿第三定律和万有引力定律，结合起来，这样他就能够圆满地解释当时所有的观测现象。

所以，牛顿可以从他的更基本的规律里面把开普勒定律推出来。开普勒第一定律表明行星和太阳之间必须有引力作用，这就是牛顿的万有引力定律。开普勒第二定律就是牛顿第三定律的表现，相当于动量守恒。最后，把牛顿第二定律和万有引力定律结合起来，就立刻得到了开普勒第三定律。

所以，牛顿的理论立刻得到了大家的认可，这还不是全部。它不仅仅解释了已有的数据，理解了已有的经验规律。更重要的是，牛顿的理论可以准确地预言新的现象——海王星的发现。但不是牛顿本人做出来，是后面的人用牛顿定律预言出来，预言后的3年，海王星就精确地在那个位置上被观测到了，所以这是牛顿理论的伟大胜利。

这时候，我们才产生了人类历史上第一个完整的、系统的科学理论。通过刚才我讲的这个简单的历史过程，我们建立了现代科学研究的方法。所以，当我们讨论"什么是科学"的时候，其实很重要的一部分是理解"科学方法是什么"。

通过观测和经验，我们可以积累资料，可以得到经验规律。这里包括地心说、托勒密的本轮说、哥白尼的日心说和开普勒三定律。

有了这样的规律，你就可以进行演绎、计算、推理，等于你有了一个模型，可以做出预言，牛顿的理论就预言了"海王星应该存在"，然后这个预言可以被新的观测、新的实验证实。

事实上也是这样，每一个科学定律的建立都基于这样一个规范。每一个科学规律都不是终极的规律，还需要不断经过实验的验证。这个验证的结果，可以把规律推翻掉，也可以对它进行修改。

在牛顿之后，我们又有了爱因斯坦的广义相对论，今天我们仍然在检验广义相对论，希望在这个基础上能够有更好的理论，所以这是我们科学研究的一般方法。

科学，就是刨根问底。

太阳系里面行星的运动规律是什么？到底怎么描述它的运动？刨根问底最后产生了牛顿的理论。爱因斯坦发现牛顿的理论不完善，刨根问底产生了广义相对论，这就是科学的方法。

我曾写过一篇文章，叫作《科学的目的、精神和方法是什么》。科学有三个要素，第一个要素是科学的目的——发现各种规律，我们可以有自然科学规律，也可以有人文的规律，以及社会科学规律；第二个要素是科学精神是什么，是质疑、独立、唯一，不管谁做这个研究，做出来都是一样的，只要你质疑前人的结果，这个规律也必须独立于研究者本人；第三个要素是科学方法是什么——逻辑化、定量化、实证化，尤其是实证化在近代科学的发展当中变得非常重要。

要想理解什么是科学，必须要看科学的三个要素，要想说什么不是科学，我们要检验它是否满足科学的三个要素，所以这是非常重要的。

中国的传统文化是什么？和科学有什么关系？给大家举两个非常简

单的例子。一个例子是两小儿辩日，大家都知道辩论的是早晨的时候太阳离我们近，还是中午的时候太阳离我们近。

两个小孩各有各的道理，最后请教孔子。孔子说我也不知道。小孩很高兴，说原来你知道的并不比我们知道的多，这个故事到此就结束了，没有回答到底是早晨近还是中午近。

这个故事在中国流传了2000多年，太阳到底是早晨近还是中午近，为什么早晨觉得凉而太阳看起来大，中午觉得热而太阳看起来反而小，其实这是很严肃的大气科学、光学测量等科学问题。

第二个例子，杞人忧天这个故事更加深入人心。齐国有个人非常担心天地崩坠，自己没办法生活，废寝忘食。然后他的一个朋友就过来劝他不要担心，天没有塌下来，地也没有陷下去，因此天不会塌、地不会陷。

天塌地陷都是严肃的科学问题，包含地球科学、天文学、力学、地球科学大气物理等一系列问题。但是在中国2000多年来，杞人忧天的故事多用来嘲笑不切实际的人，没有作为科学问题进行研究。

我们常常讲中国古代有辉煌的科技是四大发明，但是我认为四大发明不是科学而是技术！

因为我们的祖先没有研究这些技术背后的规律，所以中国当时非常先进的技术逐渐被西方超越。如果要研究的话，这背后是有科学原理的，有化学、电磁学、地球物理、自动化科学……

我总结了人类在天文学史上的进步，一共有7次飞跃。在这7次飞跃中，找不到中国人的名字。那么，中国古代先进的天文观测到哪里去了？理论方面成了占星术，就是天人合一，没有发展成为天文学；技术方面我们有历法，有二十四节气服务于农业，但是没有产生现代科学。中国古代天文，既没有产生农业科学，也没有产生天文学。

阴阳五行是什么？今天看来是传统、是文化、是哲学，这里面有非常好的元素，从历史的角度看，是伟大的思想，值得骄傲、宣传。但是它没有发展为科学，而仍然属于文化的范畴。

因此，我的结论是，阴阳五行不应该放到《中国公民科学素养基准》里面，应该放到《中国公民传统文化素养基准》里面，这是非常合适的。

我们应该学习中国的传统文化，在传统文化的基础上进步，我们需要理解祖宗的文化。但要想理解西方的科学体系就要回到希腊去，从希腊那个地方，我们能够学到科学是怎么来的，那是科学的历史。

扫一扫 看演讲视频　　　　　　　扫一扫 听演讲音频

邓涛
/
走出西藏

邓涛，中国科学院古脊椎动物与古人类研究所所长、研究员；主要从事晚新生代哺乳动物、陆相地层和环境演变研究；2011年入选中国科学杰出创新人物，2012年入选陕西省百人计划，2013年入选国家百千万人才工程并荣获"有突出贡献中青年专家"称号，2015年入选中国十大科学传播人。

　　我是邓涛，来自中国科学院古脊椎动物与古人类研究所。我为什么会到这个研究所来呢？因为我热爱大自然。

　　在我小的时候，没有电视，更没有网络，只有书。我的父母都是中学老师，我父亲是教外语的，家里有一些国外的书。我记得有一本书是讲一个小孩子去北极，跟着考察船去探险。书的内容当时我是看不懂的，但书里面有很多插图，如北极熊、北极狐、海豹等。当时觉得很有意思，我就拿个透明纸蒙住，然后把它拓画下来。

北极是那么遥不可及，但到县城北郊还是可以的。所以，我总是跑到郊外去。上中学的时候，我学会了骑自行车，就有了更大的追求，也就是现在经常说的诗和远方。我家在四川宜宾，所谓的远方也就是十几千米以外，但我心有不甘，我想到真正的远方去。

这样的机会来了。1980年，我填高考志愿的时候，看到了北京大学的招生简章，其中有一幅图，是北大古生物专业的同学在大连海滨进行海洋生物实习。海滨？还有生物？这不就是我想要去的地方和我想要做的事吗？所以，我就填报了这个专业。非常幸运，我顺利地被录取了。到了学校以后，跟同学聊天时，我才发现我是唯一一个以第一志愿报古生物专业的学生。

那个年代，大家说的是"学好数理化，走遍天下都不怕"。学了古生物专业，怕不怕我不知道，但是真能走遍天下。比如说，在大学的每个夏天，我都可以去野外实习，从南到北、从东到西，我们国家的很多地方我都去过了。后来到了现在的研究所，我们可以去世界各地考察。

对向往大自然、喜欢户外的人来说，还有一个地方更有吸引力，就是青藏高原。哪怕走遍世界各地，我最想去的还是西藏——到高原去，到世界的屋脊去！对很多人来讲，这是一个感受大自然的伟大的地方，也有很特别的文化。那么青藏高原那一片冰天雪地跟我的专业工作有什么关系呢？

提到冰川，大家马上就会想到《冰河世纪》这部动画片。《冰河世纪》中的动物就生活在冰天雪地的环境。其实我第一次去西藏的时候，还没有具体的目的，并没有想到研究冰河世纪的动物。我们当时要研究生物的演化过程、地球的变迁，以及青藏高原的沧桑变化，我们需要找到青藏高原隆升过程的证据。

大家知道，有很多典型的冰河世纪动物，比如猛犸象、剑齿虎、野马、大角鹿，还有一种叫披毛犀的动物。现在有很多博物馆都陈列着披毛犀的化石骨架。由于冰河世纪的特殊性，这些化石骨架很多都是在冻土中找到的。

在内蒙古萨拉乌苏发现的披毛犀骨架　　波兰沥青湖的披毛犀"木乃伊"

比如上图右侧，是在波兰的一个沥青湖里找到的披毛犀化石。这具

化石不仅是骨骼，它的整个身体都冰冻了，或者是沥青把它的水分抽干了，变成一个木乃伊。这点很重要。为什么呢？因为它的皮肤、肌肉、毛发都保留下来了，所以我们知道这个动物叫作披毛犀。

冰河世纪在距今一万年前就结束了，全球变暖了——因为气候不再适宜它们，这些冰河世纪的动物很多都灭绝了。我们的祖先——古人类，在几万年前跟它们相遇过，甚至把它们作为猎物。

法国洞穴壁画上的披毛犀图像

上图是在法国南部的洞穴里发现的古人类画的画。从这张图上我们可以很清楚地看见，披毛犀是长着长毛的，所以能适应寒冷的气候。

这些动物已经灭绝了，但它们是从哪儿起源的呢？

科学家们也在想这个问题。在冰河世纪快结束的时候，披毛犀在靠近欧亚大陆北边、北极圈非常广泛地分布着，往南就变少了。你可能马上就会想到，因为北极圈很冷，在冰河世纪没开始的时候，这些动物可能是在北极圈生活的。随着冰河世纪到来，全球变冷，它们便向南扩散了。

达尔文在1859年出版的《物种起源》里，有一句非常具有文学性的话，描述了他的理论——冰期动物是在北极起源的。他说："生命的水体，沿着从北极低地到赤道高地这一条徐缓上升的线，把其携带的生命漂浮物留在了我们的高山之巅。"为什么"留在我们的高山之巅"呢？因为全球变暖以后，海拔低的地方这些动物没有办法生存了。我们今天在青藏高原上可以看见很多耐寒动物，比如很熟悉的藏羚羊、藏野驴、牦牛、雪豹，还有一些可能不太熟悉的，比如说岩羊、藏原羚、盘羊。按照达尔文当时的想法，它们的祖先是从北极来的。

这仅仅是想法吗？实际上是有证据的，比如我们在贝加尔地区很靠近北面的地方发现了末次冰期的牦牛化石，也就是几万年前冰河世纪快结束的时候。这个地方也是苏武牧羊的地方，到现在都很寒冷。另外，藏野驴的化石在阿拉斯加被发现的事实，似乎也证明了达尔文的观点是正确的。

可是，达尔文是完全正确的吗？当然进化论是完全正确的。可达尔文在1859年提出这个观点的时候，当时很多证据还不太充分。比如进化论最重要的一个基石——遗传学，在那个时候还没有被人认识到，很多古生物的证据链还是缺乏的。当然，这也是达尔文伟大的地方，他根据这些蛛丝马迹推导出了完全正确的进化论。

但是，他的一些理论细节也有人怀疑。比如有个法国古生物学家，也是个传教士，他在20世纪二三十年代来到中国，取了一个中国名字叫德日进。他在河北阳原县，一个叫泥河湾的地方研究哺乳动物的化石。

下页图是一张犀牛乳齿的照片。德日进发现这只犀牛是生活在200万年前冰河世纪早期的一只原始披毛犀。

按照达尔文的理论，这只原始的披毛犀，应该在更靠近北极的地方出现，而不应该出现在西伯利亚南面的中国河北，但是德日进没有更多的证据，他仅仅是提出了这个疑问。真正的进展大概在2000年的时候，我们团队在甘肃的临夏发现了跟泥河湾一模一样的化石。这具化石也有

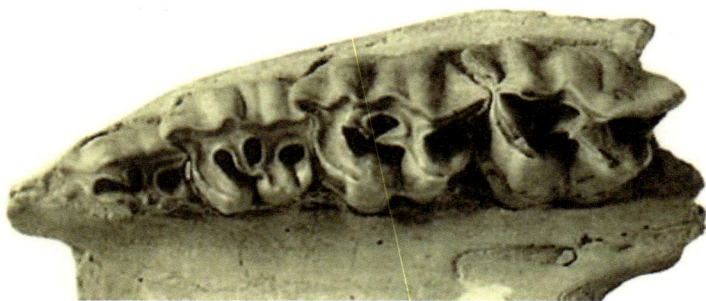

1930年发现的泥河湾披毛犀化石 冰河世纪早期，200万年前

一列乳齿，跟上图那只完全一样，还有完整的头骨和下颌骨。我们发现它确实跟最后的披毛犀是不一样的，它更原始。

问题来了，去哪里找它更早的祖先呢？照这个路线是不是再往南去呢？再比250万年更早——500多万年前到250万年前之间，即地质上的上新世。可是这个时候全球是一个温暖的时期，所以显然不能到更南的地方去找它，那么去哪里呢？

初夏的时候，临夏盆地里是绿色的。远处的山上有雪——高原是高寒的环境。由此推想，更早的化石会不会在高原上？于是我们决定要到西藏去。

我们要在几百万平方千米的地方找两个线索：第一，要寻找那一段时期的沉积物；第二，要有化石的线索。比如要找鲨鱼的化石，一定要在海洋的沉积物里面去找。我们要找到披毛犀的化石，一定要在陆地的沉积物里面去找。

很幸运，科学家得到一个证据，是青藏高原第一块被研究的化石，实际上也是中国第一块被研究的化石。英国人法尔康那——实际上他强调自己是一个苏格兰人，他从青藏高原得到了这块化石，但这并不是他自己采集的，他发现几个到印度做贸易的藏族商人，他们身上戴的护身符，其中有两块竟然是化石。法尔康那鉴定出来是犀牛的化石，但是他认为这两块犀牛化石跟今天在印度生活的印度犀、独角犀是一样的。这个事情就被他放到一边去了，但对于我们来讲，这很重要。我们要去西藏，要去札达，去发现了化石的地方。

阿里大家听得很多了，札达可能大家没有听说过。札达最有名的是古格王朝的废墟，但我们不关心这个，在这个地方几百万年前的地层里面，我们找着了最早的披毛犀化石。

札达有个观景台，可以看见非常漂亮的雪山，叫依比岗麦神山，正对下来就是我们找到披毛犀化石的地方。化石是骨折了的，但在地层里保护着，我们在野外用石膏绷带处理化石，就像骨折了在医院里包扎一样。我们把它采集回来，再在实验室对它进行修复，最终把它恢复成它们活着时的状况。

披毛犀是用它的角在雪地里刮开积雪来寻找到食物的。它的角跟现在的犀牛最大的不同在于，它的角是扁的，而现在犀牛的角是圆锥状的，这是因为它们的用途不一样。

于是我们得到了这样的结论——披毛犀走出了西藏。在上新世、几百万年前、全球还很暖的时候，它们只能待在高原上。可是在250万年前的时候，它们到达了甘肃的临夏盆地，在200万年前它们到达了河北的泥河湾，在75万年前它们到达了西伯利亚。

有人说，你只是找到了一种冰河世纪的动物，这有说服力吗？除了绝灭的动物以外，达尔文说冰河世纪的动物有一部分留在了高山，还有一部分留在了它祖先的地方。留在高山的，比如牦牛、雪豹；留在它祖先的地方的，比如北极狐、北极熊。它们也是在高原上起源的吗？

我们确实找到了相关的证据。我们在高原上找到了雪豹的祖先的化石。雪豹从高原起源，在冰河世纪来临时走出了西藏，它的后代甚至到了非洲、美洲。因为雪豹的祖先，实际上是所有现代大型猫科动物的共同祖先。

我们在青藏高原上还找到了北极狐的祖先的化石。500万年前，北极狐在高原上起源了，在冰河世纪来临的时候，它们扩散到更多的地区。当全球变暖的时候，它们只能待在北极。

我们还找到了盘羊的化石，盘羊不仅扩散到了西伯利亚，它还越过白令海峡到了阿拉斯加，这里有盘羊的一个品种。在美国和加拿大交界的地方，还有一个品种叫加拿大盘羊，它们的祖先都是546万年前在高原上起源的。

如果说高原是冰期动物起源的摇篮，那么从来就是如此的吗？实际上并不是。我们研究了一个地区，是一片海拔4700米的高山草甸。但是我们通过那里的花粉化石恢复当时的环境发现1000万年前，这个地区的海拔是2500米，甚至有棕榈树在这个地方生长。

它是什么时候达到现在4700米这个高度的呢？

我们也研究了这个地区的化石，在这个地方，1000万年前生活在森林里的三趾马，跟刚才我们说的植被背景是吻合的。我们还在札达盆地找到了460万年前的三趾马。我们分析了它的运动功能，发现460万年前它已经在草原上生活，不在森林里面了。而高原的植被是垂直分带的，草原在森林上限以上。经过科学的分析，我们重建了当时的植被。

　　证明在460万年前，垂直高度在4000米的地方，是森林和草原的分界线，而现在找到化石的地方就在4000米。因此，在上新世的时候，这个地方已经达到了现在的高度，形成了一个冰雪的环境。那时候，那些耐寒的动物在高原上起源了。

　　我们用下页图来重建这样的过程。在3000万年前的时候，高原只有2000多米；到了1500万年前，高原隆升到3000米；到了500万年前，高原变成了现今的高度，形成一个冰雪的环境，就像今天一样。

　　札达的年平均温度是零摄氏度，这些高原上的动物有了耐寒的习性。到了冰河世纪，250万年前，它们走出了西藏。另外，早于250万年前，全球那些动物都是适应于温暖环境的，而适应于高海拔、寒冷环境的动物只能待在高原上，那个时候北极都比现在要温暖得多。

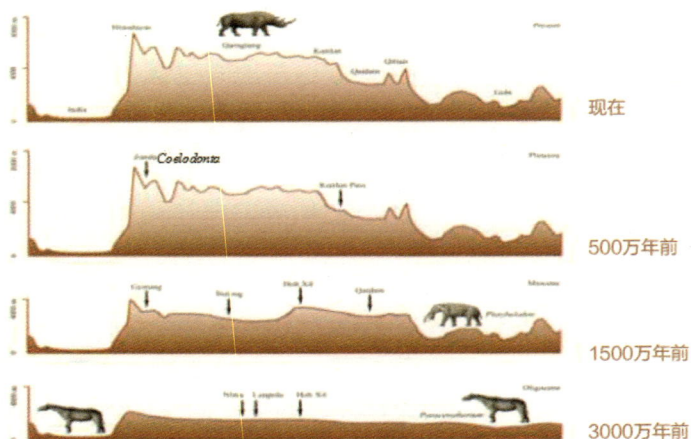

3000万年前至今的青藏高原高度变化

到了冰河世纪来临的时候，这些高原上的动物获得了优势，这种行为叫作动物的预适应。它们走出了西藏，替代了低海拔的那些喜欢温暖的动物。不仅如此，经过冰河世纪的过滤作用，从高原来的动物有的继续保持原来的耐寒习性，有的后代可以发展出更多的适应性，比如到非洲去，到南美洲去，形成了今天生物多样性的基础。

扫一扫 看演讲音频　　　　　　　　扫一扫 听演讲音频

邹晶梅
/
Fascinating Early Birds
（迷人的早期鸟类）

邹晶梅，英文名 Jingmai O'Connor，中国科学院古脊椎动物与古人类研究所外籍研究员，长期从事古鸟类研究。中美混血的她，在母亲的影响下爱上了中国，爱上了中国的文化。在中国科学院古脊椎动物与古人类研究所，她参与周忠和院士的研究团队，并与中国的远古热河鸟结下了不解的情缘。她曾在世界顶尖的学术期刊发表过文章，如《自然》（nature）、《国家科学院院刊》及《当代生物学》等，发表过的学术文章超过 60 篇。

　　每个人的一生都是一场独特的旅行。目的地并不是最重要的，沿途的风景才最值得我们去享受。旅途中那些特别的体验让我们的生命变得独一无二，让这个世界变得丰富多彩。

我是一名古生物学家，我的研究对象是那些已经灭绝的动物所遗留下来的化石。

大多数古生物学家从小就对恐龙感兴趣，而我却较晚才找到自己的兴趣所在。今天我将和大家分享我的人生旅程——我是如何来到中国的。

说起来有点老生常谈，但我不得不说，我的妈妈是我最大的榜样，她是一名地质学家。我妈妈在40岁的时候，重返校园攻读地质学的博士学位。当我自己攻读博士学位的时候，我意识到这简直是件壮举，尤其是她当时还有4个小孩需要抚养！而她最终也获得了博士学位。

我妈妈从小就十分热爱地质学，她总是跟随自己的内心做自己喜欢的事，这对我的人生影响十分深刻。我在美国洛杉矶长大，但我们在家吃饭都是用筷子，并且每年都会过中秋节和春节。我从小就特别喜欢中国，觉得中国很美丽，具有东方魅力。2001年时我高中毕业，我们全家到中国旅游，这次旅途改变了我的生活。当时我就心想，我总有一天要来中国生活！我的哥哥也很喜欢中国，他后来并没有跟我们一起回美国，而是留在中国待了12年。

上大学时，我遇到了一位特别棒的老师。他工作特别认真，能看出来他是真心热爱古生物学，并且特别喜欢和他人分享这份热爱。他叫Don Prothero，如果不是他的热情深深地影响了我，我可能现在就不是古生物学家了。

俗话说得好，选择一份你热爱的工作，它将变成一种享受。

我的研究方向是古鸟类的演化，以及它们是如何在1.5亿多年前从恐龙演化而来的。世界上目前已知的超过一半的中生代鸟类化石发现于中国，所以这里是研究鸟类早期演化最好的地方。

生活在1.2亿年前九佛堂组的鸟类是白垩纪时分化最为强烈的含鸟类生物群，也是著名的热河生物群——这一世界上发现脊椎动物化石最多的生物群中最为年轻繁盛的一个阶段。热河生物群主要位于辽宁省，而在临近地区均有产出。

这一含鸟类生物群包含了目前已知所有早白垩世的共生的鸟类类群，例如热河鸟、孔子鸟、会鸟。

热河鸟化石

热河鸟是一种原始的鸟类，它以植物种子为食，牙齿很小。类似于非鸟恐龙，热河鸟的前肢上也具有很大的爪子，以及长长的尾巴。然而热河鸟具有独特的包含两种不同羽束的尾羽形态，于是我们推测这种非常原始的鸟类已经具有了相当的飞行能力。

孔子鸟（一）

孔子鸟（二）

孔子鸟是最早具有角质喙和由末端尾椎愈合而成的短尾综骨的鸟

类，而这是所有现生鸟类都
具有的特征。孔子鸟的羽毛
还和现生大部分鸟类一样，
具有性别二态性：雄性具有
加长的装饰性尾羽，而雌性
则没有。

会鸟（一）

会鸟（二）

早白垩纪体型最大的鸟类是会鸟，它的牙齿很小，并且和现生植食性鸟类一样保存有能够帮助消化的胃石，我们推测它以种子为食。会鸟的翅膀很长，擅于飞翔，前肢仅有两枚爪子，由此而来的较小的前爪也更加接近于现生鸟类。除去前肢的特征，会鸟没有发育出胸骨，而胸骨在现生鸟类中为飞行所需的肌肉提供了必需的附着点，这使得这种鸟类究竟能否有力飞行依然存疑，但我们相信它应该是能够飞行的。

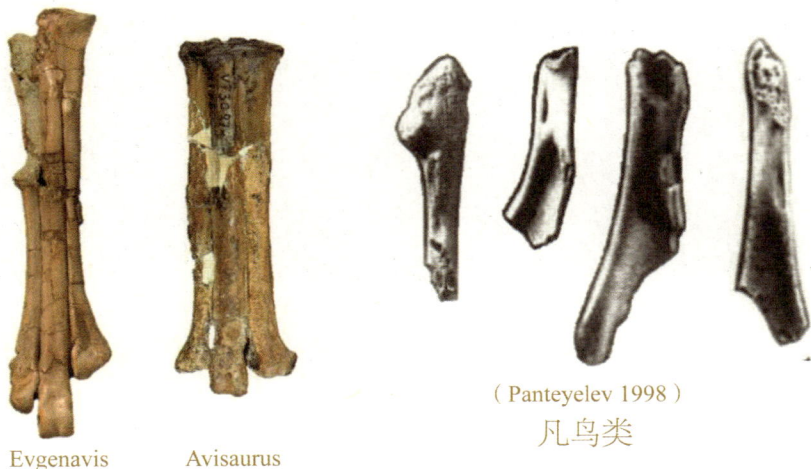

Evgenavis　　Avisaurus

（Panteyelev 1998）
凡鸟类

鸟类化石

为了让大家知道热河生物群产出的化石有多棒，我先介绍一下一般的鸟类化石是什么样子。在中国之外发现的超过一半的化石类群，都只保存了一根甚至是不完整的一块骨头！鸟类化石是保存最为稀少的化石之一，这是由于鸟类受限于飞行的空气动力学需求，通常体型较小。此外，鸟类的骨骼纤细且中空，以此来减轻体重。鸟类的气囊也延伸至了中空的骨骼之中，增大了氧气的摄入量，使得它们能够更加有力地飞行。

热河生物群

为什么在中国东北能够保存下这么多无比精美的鸟类化石呢？想要解答这个疑问，我们首先必须了解化石是如何形成的。要形成化石，必须是动物在死亡后迅速被掩埋而不受到大的破坏。热河生物群代表了一种远古的火山湖泊生态系统。河流在汇入湖泊的同时会带入沉积物，而湖泊中的水环境是静止的，因此河流带来的沉积物将会在湖底连续沉积下来。由此可以想象，当一群孔子鸟飞过天空，却遭遇了火山灰，因不敌毒气而落入了湖中。开始时它们也许会在水面上漂浮一段时间，最终将会沉入湖底，慢慢地被河流带入湖泊中的细粒的淤泥所覆盖。另一个重要因素在于，湖底为缺氧环境，所以没有任何分解者存活于此，鸟儿的尸体也就能够完好地不受扰动地得以保存。

湖底连续沉积、缺氧（图片来源于corkboard of curiousities 网站）

　　热河湖泊系统存在于1.31亿年前到1.2亿年前，持续了约1000万年的时间。它的面积相当庞大，边界也在不停地发生着变化。因此，它形成了大量的岩层可供探索，而我们目前还仅限于探索较易开展工作的表层。我们寻找化石的工作流程通常是：首先找到一片具有岩层露出的区域，敲下来一大块岩石，侧面朝上并用锤子进行敲击，它将会沿着具有结构的薄弱层裂开。

野外工作

也许你持续在野外工作了几个星期甚至一个月，每天在烈日下劈上十个小时的岩板，却依然令人沮丧地一无所获。上次我去野外找化石，什么也没找到，我觉得非常气馁，而我的合作导师周忠和院士仅仅劈了一两个小时的岩板，就对我说："快看快看，我刚找到了一块带着羽毛的好标本！"这让我觉得，有些古生物学家生来就有找化石的天分，而我却不是这样的幸运儿。然而，即使我们拥有这样的幸运星，找到的化石依然十分有限，而且我们每年仅会在野外待上一两个月。

鱼类化石和植物化石

　　但在中国，我们具有人数上的优势！成百上千的当地老乡会帮我们采集化石材料，使得中国拥有了世界上最多的恐龙化石和鸟类化石。大家知道吗？世界上只有40件左右的霸王龙标本，其中只有一件是近乎完整的。而霸王龙是世上最受欢迎的恐龙，人们已经致力于寻找它超过了100年的时间。赫氏近鸟龙则是一种在2009年才被命名的恐龙，而在我最近（2016年）写的一篇论文中，我们研究了仅一个博物馆馆藏中的224件近鸟龙标本！如此巨大的标本量使我们能够了解到关于这种动物的更多信息，比如它随着年龄增大会产生什么样的变化，以及它的骨骼上是否具有雌雄的差异等。

保存的软组织

　　热河生物群产出的化石另一个令人惊叹之处在于，它们常常保存有一些其他化石记录极少保存的生物结构，如羽毛和胃容物。我们至今依然无法破解出在化石形成过程中，是怎样的化学作用使软组织得以保存。这些化石上的各个部位都具有独特的化学微环境，从而形成了不同的极其复杂的保存形式。

我遇到过最神奇的化石就是在少数几件化石标本上得以保存的鸟类生殖系统。当时我对于早期鸟类的食性也非常感兴趣，所以我们在这些化石上寻找胃容物的痕迹，最终找到了1.2亿年前鸟类的卵泡！这是鸟类化石中首次发现生殖系统，而在这之前的100多年里，科学家一直在试图通过恐龙的蛋和巢来了解恐龙的繁殖。

现生鸟类是唯一具有单侧卵巢的羊膜动物，其他的羊膜动物以及鸟类的近亲非鸟恐龙都具有双侧卵巢。我们发现的鸟类生殖系统直接证据显示出，即使是最古老的鸟类也具有单侧卵巢这样的现代特征，相应的研究成果发表在了《自然》期刊上。这一结果支持了一个由来已久的假说：右侧卵巢的退化与飞行行为的演化息息相关。由于早期鸟类和恐龙一样，可以持续生长很多年，而不像现生鸟类在一年内迅速达到成年个体大小，它们的新陈代谢速度较低，其卵巢结构与现生鸟类存在差异，可能代表了卵巢演化的一个过渡阶段。

我目前的研究工作，是从尽可能多的角度来探索早期鸟类，如持续关注保存有卵泡的新化石标本，研究鸟类繁殖行为的起源；研究保存有胃容物的标本，研究不同类群中食性的演化；运用骨组织学手段，研究早期鸟类的生长发育，以及早期鸟类的羽毛。通过扫描电镜，我们已经能够知晓这些灭绝鸟类羽毛的颜色。形成颜色的"黑色素体"具有独特的形状，因此化石中保存的不同形态的黑色素体就能够指示出相应的羽毛颜色。

鸟类卵泡化石

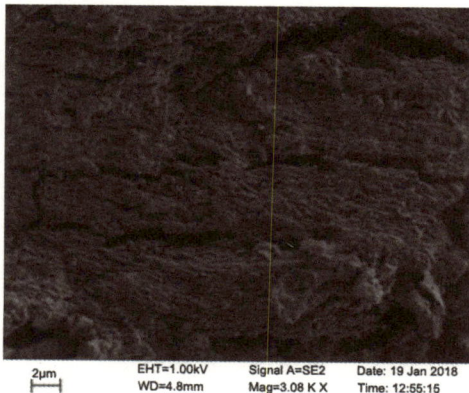

化石中保存的黑色素体（图片来源于corkboard of curiousities 网站）

鸟类羽毛颜色研究

在得到了这项新的研究成果之后，我第一时间联系我一个艺术家朋友Rothman，告诉他曾经为那些鸟儿画上的美丽色彩也许都是错的。我们目前对于早期羽毛颜色有据可依的复原色，仅有黑色、棕色、灰色和红棕色这些基于黑色素体的颜色。那些鲜丽的颜色，比如绿色和黄色则为结构色，几乎无法保存下来。然而随着新技术的不断发展，也许在不久的将来我们就能够观测到结构色的存在。研究鸟类，尤其是在中国研究鸟类，现在是一个令人无比振奋的时代。

我热爱我的职业，我热爱我的生活，不仅是古生物学，而且是整个科学。对我来说，能够扩展人类的知识边界是非常激动人心的事情——发现一个尚未为人所知的问题，然后成为第一个去解决它的人！我常常讶异于有如此多的东西我们不懂——科学界的每一个领域都有着诸多有趣的问题等待解答。而当你想到的问题越多，你就越想去探索，而正是这种对于知识的渴求使得这个世界无比精彩！

科学家常常会有很多机会到世界各地参加会议，或合作研究、采集数据。我去中国新疆和中国内蒙古挖过化石，也去蒙古国甚至去非洲挖过化石标本，曾受邀到智利、日本和英国做过学术报告，其间遇到了很多有趣的人。我和俄罗斯以及南美一些国家有合作项目，最近还和清华大学的一位教授开始合作研究飞行的生物力学信息。作为一名科学家，你有无数条路可以去尝试，而这个生生不息的世界充满着各种各样的秘密，不断地激励着你去探索。我对我所从事的工作充满着热情，我希望你们也能够找到你们的热情所在。

扫一扫 看演讲视频　　　　　　　　扫一扫 听演讲音频

张辰亮

/

博物君的日常，给科学做广告

张辰亮，网名"无穷小亮"，中国农业大学农业昆虫与害虫防治专业硕士；从小对大自然怀有极大热情，2004 年被评为《博物》杂志的"博物少年"；2006 年创办了南京农业大学昆虫协会并任副会长；担任《博物》杂志官方微博主编后，凭借其独特的运营风格，将《博物》杂志、官方微博从几万粉丝发展到 1000 多万；撰有畅销科普书《海错图笔记》。

　　我从小就喜欢大自然，最喜欢的是昆虫，从小就抓蜻蜓、逮蚂蚱或者观察各种昆虫的习性。后来上大学，我想选昆虫专业，但是本科没有这个专业，我就选了接近的植物保护专业，学植物学、做标本、去野外实习，还是挺符合我的兴趣的。

中国农业大学的研究生专业中有昆虫专业，所以我就报考了昆虫专业，学的是昆虫分类学。在学习的过程中，我对其他的植物、动物都产生了兴趣，爱好十分广泛，所有的种类都接触了一点。

读研究生的时候，我去《博物》杂志实习，主编说现在没有别的活儿干，微博还没有专人管理，你去管理微博吧。于是我就开始运营微博了，就是这么简单。

刚开始运营微博的时候，我没有任何经验。为了让粉丝能够快速增长，就用了各种办法，发段子、发一些宠物的图，特别无聊。当时我没有找到正确的方向，我发的内容跟《博物》杂志的形象也不太符合。而且，发这种内容的微博号太多了，这样下去它很难从里面脱颖而出，所以我觉得应该做一个独特的微博号。

这时候，编辑部的刘莹老师说，《博物》杂志是一个动物、植物、天文地理都介绍的杂志，比如有些粉丝见到身边不认识的动物、植物，就会询问《博物》杂志，这是他们的自发行为。由于当时没有专人去管理微博，也没有人去回答这些网友的问题。

刘老师建议："你是学这个专业的，你来回答。"我觉得挺好，就开始答了。我回答网友的第一个问题字数非常多，我还把学名都写上去了，写这么多字才转发了7条，其中还有几条是《博物》杂志出名之后，粉丝再转发的。经常遇到的情况是转发零条，评论一两条。但是这个运营思路是对的，因为做这方面的官方微博当时是非常少的。

方向找到了，官方微博的形象也需要重新设计一下。一般官方微博的形象就是一个没有人情味儿、死板的信息发布平台。我想让它人格化一点，看上去像有血有肉的人。由于刚开始没有粉丝基础，为了让大家更容易接受，于是我就选择了卖萌的方式，想显示一个人畜无害的形象。现在想起来挺"恶心"的。

但是这样也有问题，卖萌的方式让官方账号的形象看上去没有权威性，大家还以为是个"小屁孩"在运营，说的东西也不敢相信。也有一些人觉得这个官方微博挺好玩的，只是以"搞笑"为乐趣。

比如我每天在后台会回答很多问题，转发到官方微博上的只是极少数的，我更多的是直接在评论里回复网友的问题，回复不会再斟酌字句，而是直接写物种的名字。很多人就不愿意了，当我只回复一个名字时，他说："怎么不跟我卖个萌？"

我觉得总这样挺没劲的，再加上粉丝越来越多，回答的问题越来越多，工作量一大也萌不起来了，于是就慢慢地进入到了高冷期。虽然卖萌是很保险的办法，不会出大的错误，好多官方微博都卖萌，但不容易出效果。

高冷期反而达到了很好的效果，粉丝增长得非常快。高冷有一个风险，就是要把握好这个度，高冷过分了就变成嘲讽，变成没有礼貌。有一次有个小姑娘看到路上有一个条状物体，觉得特别害怕，就问我们这是什么蛇。她要过这条路，让我赶快鉴定一下，我就回答"绳子"，其实就是一根绳子，她看错了。

这就是所谓高冷，本来就是根绳子，我就回答它是绳子，既有高冷的效果，也不会显得是没有礼貌的嘲讽。把握好这么一个平衡点，高冷就可以达到比较好的效果。

《博物》官方微博的特点就是内容短，受大家欢迎的原因也是短。人们不爱看长篇大论，尽量把语言精简。但是让《博物》涨粉多的都是长微博，长微博对打造固定形象很有帮助。

第一个转折点就是一篇长微博，当时网上流传着一组照片，隔一段时间就火一回。比如一个小树蛙举着叶子，像举着伞一样，或者学人类跳舞的动作；或者一个蚂蚁单腿站立；或者是青蛙趴在蜗牛的背上。

其实，摄影师是用一些人为的方法，甚至是不人道的方法——用线、玻璃，把青蛙强行摆成那个姿势进行拍摄，拍完之后再把不需要的地方PS掉。他们把照片放在网上，说这是抓拍到的小动物天然的状态，这就不是很好了。

这些照片一方面涉及对动物的虐待，另一方面对大家认识动物的习性有错误的影响。于是我就把这些图归纳起来，一张一张地分析，这些照片怎么拍的，做了一条长微博。

这些照片在网上是很出名的，大家一看到反转，就觉得很震撼。另外大家会觉得，这个官方微博可以分析这些东西，别的官方微博干不了这个事，就关注了。这条微博转了7万次，也让粉丝从5万涨到了10万。一旦过了10万，再涨粉丝就容易了。

还有一个转折点就是"你画我猜"。很多粉丝凭着对动植物的印象画了一张画，拿画来问我，这是什么物种，这些画通常非常简陋，但往往会意外地画出很重要的鉴别特征。虽然别人根本不可能认出来，但我可以认出来，我把这些画归纳起来做成了长微博，叫"你画我猜"。

大家一看这个很有意思，关注之后不但可以自己画，还可以看别人画的是什么，还可以看是怎么分析的，这也给《博物》杂志涨了很多粉丝。我的经验是对于长微博，要不就不写，要写就写利于自己官方形象的微博，要做你能做而别的官方微博做不了的事情，别人才会有关注你的理由。

早期我喜欢发一些自然爱好者圈里感兴趣的内容，因为要显得官方微博知道得多，显出你的能力来。比如我喜欢原生鱼类，常常会发鱼类的知识，我自己觉得很好玩，但转发量特别少。

因此，我开始慢慢转变这个观念。我觉得内容还是要接地气，要回答老百姓真正关心的问题，不是说光顾着玩自己的——我很牛、我觉得自己特别棒，但是根本没有人理你。

我曾经顽固地发过一段时间的"雨花石系列"话题，每回发一个雨花石，分析里面的图案是什么，但后来实在没人理，也就不发了。我把眼光转向生活中最常见的东西，但是文案要说出"花儿"来。比如，百香果在南方是非常常见的植物，但如果只介绍它叫百香果，肯定评论里边会有很多人说，"这个东西还用科普啊""这有什么值得说的"。

于是我用了另外一种办法。我说这是百香果，重点介绍它的吃法。把这个果肉挖出来后，放到杯子里再把冰可乐倒进去，既中和了百香果的酸味，又可以让可乐有特别的香味。这激发了大家探讨的兴趣，有的人说放到养乐多里也好喝。

回答问题的最高境界，就是解答网友多年的疑惑。如果回答完问题之后别人说："这个问题一直在脑子里打转，一直也不知道问谁，这回终于知道答案了。"我就会特别高兴。因为这些东西是我说的，虽然常见但是平时没有人去关注，或者有人不屑回答这个问题，但其实大家感兴趣的就是这些问题。

有个人问："为什么爬山的时候看到一些悬崖的大石头下面经常支着小棍子？"后来我解答了一下，这最开始是监测山石沉降的土办法，比如支好木棍，下完大雨如果断掉了很多，就说明开始往下沉了。后来发展成一种民俗，支一根棍子，显得腰杆硬。科学和文化这两方面都介绍一下，就比较有意思，别人转发就知道原来是这样的，下次爬山的时候就可以跟别人讲了。

科普的东西实在没有什么可说的，需要单找一些点，用这些点去带动传播。比如多肉植物——宝绿，长得也不出彩，实在没有什么可说的。我说这个东西叫宝绿，是多肉里面最丑的，哪怕你再精心饲养，也是这个宽粉成精的德行，因为它长得很像宽粉。

后来转发的人都说"宽粉成精，哈哈哈"。虽然大家因为好笑而转发，但是无形中帮我传播了这个知识——这个植物叫宝绿。所以运用一些方法带动传播，这是非常重要的。因为科普，就是让更多的人了解知识。

经常有人会问，你为什么懂那么多？其实有很多原因，主要是因为我爱好比较广泛，各方面都接触一点，各方面都略懂，但是知道得不是很深。昆虫还算好一点，别的领域都是明白一些最常见的东西。对于普通老百姓来说，可能觉得我懂得挺多的。其实再问得深一点，我也不见得会。

我平时科普的东西都是最常见的，如果一个人能对生活里面最常见的东西，都知道是怎么回事，在别人眼里就是一个很博学的人，科普不需要门槛太高。第一是物种常见，第二是积累学习。因为每天要去做科普，要往外掏知识，所以我还要补新的知识，才不会被掏空。此外，还要时时向各领域的达人请教，不会就多问，这也不丢脸。我也经常在其他官方微博"@"别人问问题，人家告诉我答案，这个知识下次就是我的了。

检索能力也非常重要，好多人问我的问题，我也不会，但是我一搜索就可以说出正确答案，也可以分辨出检索的答案对还是不对。这个能力是非常重要的，所有知识全死记硬背地记在脑袋里，这是很蠢的办法。

作为科普工作者，经常有人只重视"科"，但是忽视了"普"，让大家乐于接受知识是很难的。科普文章或者纯科普内容，只是相关爱好者会接受，一般老百姓不愿意接受，因为看不进去，因为科普的方式跟老百姓是脱节的。在这一点上，科普应该向广告学习。

广告就是给产品做科普，一个商业的产品，如果只把说明书摆在那儿，让大家看完之后就去买，这是不可能的。商业广告现在已经进化出了各种各样的模式，只需要把产品的某一个小特点放在这儿，用各种各样的传播手法去推动，大家就会有兴趣了解这个产品，甚至购买产品。

科普就是给科学做广告，把科学产品用浅显易懂的方式去呈现。不要指望一股脑都灌进人们的头脑里，而是一点一点地用轻松快乐的方式去传播，大家接受起来就很容易，而且还会帮助你去传播。

网上的段子手有时会把我的微博截图，拼成九宫格当段子来发。你什么也不用干，他们会主动帮你去传播。我觉得把科普当成段子不是坏事，你能把科普写成段子，大家就乐于传播了。普通人如果能够一天不看科普就"浑身难受"——今天心情不好，看点科普吧；太无聊了，我看点科普吧。这个时候，科普就达到了"普"的效果，我非常期待那一天的到来。

扫一扫 看演讲视频

扫一扫 听演讲音频

刘莹
/
把科学讲给你听

刘莹，《博物》杂志的内容总监，毕业于北京师范大学地理系；对博物学有着天然的热爱，活跃于科学传播第一线；在工作之余，曾参与英国科学家在亚马孙丛林的科研工作，游历、考察过南美洲、南极洲等地；出版了《自然之美》《南美洲》等著作，还创办了"博物课堂"系列活动。

　　一说起科普，很多人的第一印象是一个科学家老爷爷穿着白大褂，头发乱蓬蓬的，像爱因斯坦那样，给小朋友讲这是什么、那是什么。虽然科学家也会做一些科普工作，但是科学家的工作大部分时间是做自己的研究、做报告。我们国家有很多专业科普工作者。他们在博物馆、科普类杂志的媒体工作，我就是其中一员。

现在很多人觉得，科普好像就是讲给小朋友听的，成年人每天工作很累了，不需要学知识了，其实这种想法不对，科普是无处不在的。

比如，春天到了，花都在开放。北京有两种特别常见的花，第一种是棣棠，在中国古代也叫棠棣。这种花是中国原产的花卉，在诗经里面就有："棠棣之华，鄂不韡（wěi）韡。凡今之人，莫如兄弟。"讲的是兄弟之间的感情，两千多年前就有诗歌传诵它，下次看到这种花，就能想到这是我国原产的植物。另一种花叫黄刺玫，本身是不能吃的，能提取精油，它结的果子可以吃，但不是特别好吃，可以用来做果酱。

人们常说知识就是力量，其实我更多的感觉是，知识就是乐趣。在科普工作中，能发现好多乐趣。除了吟诗，除了告诉大家怎么做果酱之外，还有很多有意思的地方。

对于我来讲，我最感兴趣的工作就是跟科学家一起去参加科考。

一提到亚马孙，大家可能想起各种野生动物，比如美洲虎、大鳄鱼。但是，当我真正到了亚马孙丛林参与科学家的考察工作，才发现亚马孙丛林跟我想象中有些一样，有些地方则非常不同。

比如，我们以为亚马孙丛林有好多猛兽，实际上在丛林里面看到这种野生动物的概率并不高，尤其是大型猛兽，它们一般藏在丛林深处，能见到它们的机会不多。

水淹森林

为什么上面这张照片看起来像发大水？亚马孙河有一个特点，叫水淹森林。亚马孙河因为处于热带地区，一年四季都比较炎热，但是它分为旱季和雨季。一到雨季水涨得很高，旱季的时候水位落得很低，旱季和雨季最大的水位差距可达20米。

有一年雨季的时候，我前往巴西的一个保护区，那个地方水位差没有亚马孙河那么大，有5米左右。我们每天的工作就是划着小船到森林里面去，跟科学家一起研究猴子。

我们所研究的这种猴子在树上移动，它不到陆地上活动。因为树枝下面就是水面，因为地面的猛兽没法爬上树袭击它，水面对它来讲更安全，这种猴子更愿意在水淹的丛林上面活动。

我们去的时候是丰水期。水面非常平静，倒映着蓝天很漂亮。水会涨起来5米多，透过河水能看到树丛，在划船的时候经常发现自己在树林上面划。

尤其是风平浪静的时候，划着小船，树枝还会刮到船底发出"嘎啦嘎啦"的响声。你会发现小鱼就在你的脚下游泳，仿佛在半空中悬浮，像在天空之境一样。

水会淹到树林里好几千米远，有时候我们会深入到森林里非常深的地方。在树林深处，水几乎不流动，颜色非常深，能见度很低——因为河水溶解了腐殖质，水变成不透明的。

有的时候，还能碰到一些意想不到的东西。有一次我们到森林深处的时候，非常安静，偶尔有鸟鸣，突然听到"噗噗"声，这是什么东西？这是亚河豚的呼吸声。亚河豚是哺乳动物，需要到水面上呼吸。我们知道鲸鱼到海面上呼吸，喷出水柱。亚河豚也是，但是它的体积比较小，没有喷出水柱，但是能够听到这种声音。

我们发现亚河豚一直尾随我们。小船在前面走，它一直在后面追着我们。当时考察队有两个科学家，一位研究猴子，另外一位研究海豚类。我问研究海豚的科学家："为什么亚河豚会到森林这么深的地方来？"他说亚河豚类是好奇心非常强的动物，它在森林里面看到奇怪的小船，属于异类，它也想看看这到底是什么。

我们把船停下来，"梆梆梆"地敲船帮，这只亚河豚会游过来，它的声音越来越近，它离我们近了以后不发出声音了。水的透明度很差，我们看不到它，可是我们可以看到小船周围有一圈气泡，它围着我们的小船绕了一圈——它其实就是过来看看到底怎么回事。我觉得这种现象非常有意思。

在开阔的水面，我们也遇到过亚河豚。它们两三只一群，在一起捕猎，在水里高兴地游泳。它们身体的颜色比较浅，有的是浅灰色，有的是粉色，在河水里面看起来是金黄色的。看到它们金黄色的身影，真的有一种活在神话中的感觉。

亚马孙当地土著人也有这种传说：它们认为亚河豚在月圆之夜会变成美男子上岸，找年轻姑娘谈恋爱。如果有女孩生了一个孩子找不到父亲，他们就说是亚河豚的孩子。

一说到科学家，很多人就觉得那是很严肃的形象。实际科学家也是人，而且他们也有很多生活情趣。我认识的科学家，很多都是非常享受野外考察生活的。下页图是我们去往森林考察的时候，女科学家布鲁娜换上泳装晒太阳，水面倒映着蓝天，非常美。

布鲁娜换上泳装

除了跟科学家一起工作以外，作为科普工作者，还有很多见证自然奇趣的地方。

比如，这是一座活火山。

智利普岗活火山

　　我本身是学地理的，对自然地理风貌非常感兴趣。中国虽然有火山，但都不是太活跃。我曾有机会到智利普岗亲自接近一座活火山，大概海拔2800多米，不是特别高。虽然是活火山，但现在它处于相对稳定的时期。没有危险，所以智利对这个地方进行了旅游开发。

　　我当时犹豫了一下，还是决定要爬一下火山。登山的过程非常痛苦，因为我属于体力不是特别好的人，尤其还是在雪地上面走。当时大概爬了四五个小时。爬的时候你会有一种错觉。因为你所在的这个地方都是平的，失去了参照物，会觉得自己走在一个大平原上，实际上一直在爬坡。

　　最后，我终于爬到火山口。活火山的火山口是什么样子？火山口下面有一点雪，因为火山会冒出热气，所以火山口边缘地方雪比较少，而且火山冒出来的灰有黑点。我走到火山口边上，往里看，但是这个火山口面积非常大，不可能像站在楼的边缘那样看到下面什么样。

　　就在我看火山口的时候，火山突然冒出了一股热气，这个热气不是我们所想象的那样冒浓浓黑烟，只有一点烟，还是透明的，能感觉到它的温度，能闻到它的气味。我一下被这种热气包围了，非常呛人。

　　我当时觉得瞬间没有氧气了，这种感觉特别奇怪。因为你能够呼吸，但是你吸进去的都是热的、充满煤烟味的气体，于是我开始使劲咳嗽。可是咳嗽了以后更加窒息了，因为感觉没有氧气又使劲吸，简直是恶性循环。导游发现我在拼命咳嗽，他一把将我拉过来，告诉我这是非常危险的。

　　火山流出来岩浆会造成危害，火山的毒气也是非常大的危害之一。在火山造成死亡的事件里面，除了被岩浆摧毁外，有很多人是被毒气熏死的。它的毒气里面，含有一氧化碳等有毒物质。因为扩散的面积非常大，你无处躲、无处藏，吸进去都是毒气，一点氧气没有，那个过程非常痛苦。

　　我也参与见证了自然天象。很多人不会特别关注日食。因为在北京基本都是日偏食，太阳挡住一点，影响不大，但是真正的日全食是不一样的。下图左边这张就是我们拍的日全食的照片，这是在湖北荆州。当时天色一下就暗了下来，天空变得很暗，天上能看到星星，明显感觉到温度突然降低了。

日食

　　上页图中右边的照片，是发生日全食的过程中，太阳被月亮挡住，稍微透出一点时，太阳是一个月牙形状，透过树叶的空隙，变成了一个小孔，它照在地上就产生了小孔成像现象，这些月牙形光斑其实就是当时太阳的样子，所以非常有意思。

　　说了很多，有人会问，我不是科学家但我怎么样才能成为一个科普工作者？

　　这应该从我的高中说起。我不是从小特别有明确志向的人，高三时候面临高考报专业，当时我父亲想让我学图书馆专业，母亲想让我学会计，希望以后我能够踏踏实实地坐在办公室里工作，他们觉得文职工作更适合女孩子。

　　我从小就很乖，学习不错，但是心里很向往野外，从小喜欢看动物世界，所以我偷偷填报了地理系，后来本科四年就读于北师大地理系。地理学是一个很基础的学科，学的知识很广，对口工作却非常少，大学毕业的时候我也没有想好做什么工作，我同学里很多当了地理老师。

　　我当时在图书馆看《地理知识》杂志，是中科院地理所办的杂志，我觉得里面介绍的内容非常好，就翻到《地理知识》上面编辑部的电话，非常荣幸地进入了《地理知识》编辑部。当我在那里实习的时候，正好赶上《地理知识》改版——《中国国家地理》。

我在《中国国家地理》工作了几年之后，赶上我们杂志要创刊《博物》，作为《中国国家地理》的青春版，《博物》是专门给年轻人看的科普杂志。然后我就调到了《博物》工作，一做就是十几年，感触非常多，也有很多有意思的故事。

上周我接到了一个电话，有一个读者问我一件事，他说："我在你们杂志上看到'宝石自己造'，讲的是你亲自去一个小山村里挖宝石，自己打磨。"他觉得那期杂志特别有意思，想问问我具体位置在哪儿，到底能不能挖到宝石，能自己挖吗？他说他孩子挺小的，想带孩子去玩。

那期杂志是2006年出版的，今年是2016年，这已经是10年前的杂志了。我很震惊，没想到那个时候做的内容，到现在还有读者记得。我想也许10年前的时候，他的孩子还没有出生。很多杂志大家都是看了以后就抛弃了，我们这个杂志能够经历这么长时间还有人记得，我非常感动。

我们《博物》杂志官方微博叫作"博物杂志"，风格非常有意思。运营微博的同事，小的时候就是我们《博物》的读者，他当时上中学，很喜欢昆虫，喜欢动物，当时跟我们杂志编辑有过一些交往。大学毕业后，他来负责我们的微博运营，当时他接手的时候微博粉丝量是2万多，现在（2016年）有300多万粉丝。

我非常喜欢自己的科普工作，也希望大家，尤其现在的学生，如果你们对科学有兴趣，还没有特别立志做科学家的话，非常欢迎你们进入科普行业！

扫一扫 看演讲视频

扫一扫 听演讲音频

第 2 章

科学的启示

李皓
/
城市行者

李皓，环境科普专家、独立学者；1994年获德国汉诺威大学自然科学博士学位；1995年回国后在北京医科大学免疫系做博士后，研究中草药成分的免疫调节作用；1996年，出于对中国环境状况的极度忧虑，辞职走向社会，成为环境科普志愿者。她长期行走于国内外多个城市，对中国城市环境的发展变化极为关注，对环境问题有着自己独到的见解。

我在四川大学读本科时，学的是生物化学专业，1986年，由中国科学院成都生物研究所派往联邦德国弗朗霍夫（Fraunhofer）研究院汉诺威毒理研究所的免疫生物学实验室进修。我从小就盼望能独自旅行，最大的愿望是拥有一部照相机。在德国进修期间，我与一些德国朋友建立了很好的关系，经常向他们介绍中国的美丽风景，而德国朋友也对古老的中国充满了敬意。

1990年，我利用到英国爱丁堡参加欧洲免疫学年会的机会，游览了苏格兰地区。此次旅行令我的价值观发生了根本性改变，感悟颇深。

苏格兰有很多古庄园，其中一座有300年历史的庄园，从建筑遗迹的外观上看，它曾经是非常奢华的，但在我参观时，它已经被废弃了。受童话故事的影响，儿时的我们或许曾希望自己是公主、王子，以为奢华就是幸福。但站在这座残缺的庄园面前，我的第一个感悟是：人造的奢华往往是不能持续的。

我去爱丁堡的时候是20世纪90年代，当时欧洲的发达国家已经进入后工业化时代。最明显的标志是：人们对摩天大楼已经不再感兴趣，认为那个东西是不可持续的。

在后工业化时代，人们的价值观出现了很大的转变，体现在人们不再梦想成为公主或王子，而是向往与纯洁的大自然和谐共处的安宁生活。这是我的第二个感悟。当我旅行到苏格兰北部的偏远小镇时，当地人告诉我，每逢度假时节，每天都有游客蜂拥而至，他们喜欢这里纯净的水，愿意在这儿安安静静住几天。

当时的中国，在我的德国朋友眼中，是美丽的。他们认为中国的

美，主要是人与自然和谐共存的美，还有中国人与自然相处的智慧。北
京是一座古都，有很多古建筑，北大校园中就有古塔，旁边有未名湖，
还有很多自然的景色，水很清澈。他们赞扬中国，说中国古人没有给后
代留下垃圾——现在挖出来的都是文物。但德国不行，他们挖出来的说
不定是100年前的工业垃圾。

　　在1990年前后，联邦德国出现了生活垃圾填埋场几乎饱和的危机。
当时，我的德国同事们都知道中国有收废品的做法，知道中国人能将废
纸、废玻璃、废金属等废品拿去卖钱。他们说，这是非常好的减少垃圾
的办法。

德国汉诺威某居民区的垃圾分类容器（张春良摄于1995年）

1994年，德国汉诺威开始实施垃圾分类，在城市的居民社区中，三种不同的容器分别接纳废纸、废塑料、生物垃圾（落叶、菜渣、果皮等）。我的德国同事对我说，这样分门别类投放废物的思路是从中国学来的。中国人回收废品，将废物变成了再生资源。

在我居住的学生宿舍周边，所有的居民社区在半年之内都安放了这样的容器，而且，接纳废纸、废塑料的容器都是大容量的。这样做很科学，因为体积大的纸箱、塑料包装能轻松地投入其中，最后由不同的公司分别清运。

1992年，由于研究工作做得比较好，我转成了汉诺威大学的博士生。好的工作成绩来自于每天都非常努力地工作，我差不多有80%的周末都是在实验室度过的。刚到德国进修时，我只能用英语交流，但博士论文必须用德文写，所以工作之外我还要学德语。好在我最终完成了博士论文，获得了博士学位。1994年8月，我的研究结果被美国出版的《白细胞生物学》期刊作为封面文章发表了。当时，我想回到中国，研究中草药对免疫系统的调节作用。带着这个想法，1995年1月，我来到北京医科大学博士后流动站工作。

我回到北京后发现，城市里环境污染情况很严重，比如很多食堂都无限制地使用一次性发泡塑料餐盒与筷子，产生了大量难以处理的白色垃圾。

1995年，某单位食堂滥用一次性餐具的状况（李皓摄）

在通往中国科学院软件园大楼的必经之路上，路边散乱堆放的垃圾几个月都无人清运，污水横流、恶臭严重。像下图中这种情况在当时中关村地区的科学院园区中随处可见。

1996年科学院园区的垃圾污染状况（李皓摄）

在我居住的中科院社区里，生活垃圾也是随便堆着，环卫工人没法处理时，晚上就点火烧了。那些垃圾里面含有大量的塑料与发泡餐盒，露天焚烧会产生有害气体。

1996年科学院居民区中的垃圾污染（李皓摄）

在当时的北京，我发现人们生活的环境中到处都是污染物，都有可能导致疾病或诱发肿瘤，怎么办？最后我决定离开实验室，辞掉博士后的工作，成为一名环境科普志愿者。我要给大家讲科学道理，讲为什么不能露天烧垃圾，给大家讲垃圾应该分类投放、回收处理。

1996年，我开始给报纸、杂志写文章，传播有关垃圾污染的危害，提倡垃圾分类投放。我找到了环卫局，但得到的回答是：不行，居民做不到垃圾分类。一些媒体报道了我的观点后，有比较热心的社区，比如西城区的大乘巷家委会，他们找到我说想试行一下。我就用750元钱买了3个大桶，对其表面分别喷上了"废塑料""废纸""废玻璃"的醒目大字。大乘巷家委会将这3个分类桶放置在社区院子中，供居民们使用。

1996年12月，北京西城区大乘巷家委会试点垃圾分类（李皓摄）

当时，大乘巷家委会在社区做了一个挨家挨户的问卷调查，结果显示：30%的居民同意垃圾分类投放，而70%的居民不愿参与。但社区垃圾分类试行如期启动。一个月之后，我悄悄回访了大乘巷，打开"废塑料"桶盖子一看，发现里面全是干干净净的塑料，这令我很感动。我发现：30%同意的居民对垃圾分类做得很认真，与德国居民没有差别；而70%不参与的居民并未向分类桶中扔其他垃圾。由此，我对老百姓的素质充满了信心。1997年1月，我向北京市政府正式提交了垃圾分类的建议信。

2005年，当我再回访1996年的试点社区——大乘巷家委会社区时，我发现通过媒体的报道和政府的支持，垃圾分类桶已经正规化了，周围的植物已经长起来了。家委会介绍，参与垃圾分类投放的人增长到90%，社区居民把曾经满眼黄土的院子全部栽种上了花草，环境质量大

2005年，北京西城区大乘巷家委会院内垃圾分类设施的面貌（李皓摄）

大提升了。这是社区居民自发干起来的。到2013年，北京的各大食堂已普遍告别了一次性餐具。这是我亲历的北京环保的进步。

什么样的环境才宜居？这是大家非常关心的问题。

关于环境质量，大家应该记住4个要点：空气质量达标、水质达标、土壤达标、生态达标。昆虫和鸟类的生存需要各种各样的植物，如果绿地只是单一的草坪，昆虫与鸟类没有食物来源，也就没有了生物多样性，这样的环境也不利于人类的健康。

所以，如果我们关心环境，就一定要关心以上提到的环境4个要点，比如说在北京，对空气、水质、土地、绿化都要关心。食物是从土地上生长起来的，所以土壤不能被污染。还有绿化，要选用当地的物种，才能保护好当地的动植物资源。如果这几方面的状况都比较好，那么我们生活的城市环境质量就有望达标。

在中国的《宜居城市科学评价标准》中，有对环境质量的明确要求：一年365天，空气质量好于或等于二级的天数应为百分之百；饮用水源水质达标率应为百分之百，污水处理率应为百分之百；生活垃圾的无害化处理率应为百分之百。此外，城市绿地的人均公共面积标准是$10m^2$，城市的绿化覆盖率不低于35%。

国际上认可的绿色城市具有5个方面的共性：空气质量好，水资源保护好，垃圾资源化处理，绿化顺应自然，无明显的热岛效应。

　　"城市热岛效应"指的是城市的气温明显高于郊区和农村的气温。"热岛效应"带来的后果主要在于热空气上升的力量会使城市排放的各种空气污染物难以沉降，尤其在高楼林立的城市，因易产生"热岛效应"，治理空气污染难度大增。所以，高楼绝不是令人骄傲的标志，而是人们因不懂环境常识而设计的产物。

　　纽约是全世界最先建造摩天大楼的城市，一百多年前就已经开始了，那么为什么现在纽约的"热岛效应"反而减少了呢？

　　若你问纽约人，他们会说：我们有中央公园。纽约中央公园始建于150年前。中央公园里有多条道路，但没有机动车道。鸟瞰中央公园，能看见大片的林地，还有水域，面积约为北京故宫的5倍。纽约人很喜爱中央公园，很感激中央公园给环境带来的改善。

　　为什么公园能解决"热岛效应"带来的问题呢？这是因为公园中的树木和其他植物多，有助于空气冷却。高楼林立会导致空气的上层与下层都很热，没有温差，上下层空气之间就缺乏流动。当有树林或其他植被时，太阳的辐射热能被植物吸收，植物周围的气温就可以降低。温差令空气开始流动，空气中的悬浮颗粒物会随着冷空气往下走并最终被植物叶片吸附，空气就得到了净化，这样一来随着空气流动返回上空的热空气就比较干净了。

　　《漫步中国》的作者是一位美国人。20世纪初期，他在北京居住了两年时间。他在书中写道："北京的冬天和夏天天高云淡，确实是一个好住处……即使北京在冬天刮起刺骨的北风……但只要能瞥上一眼北京清澄澄的天空，亦是一种莫大的心灵慰藉……不久前春日的一个阳光明媚的星期天，我绕着城墙逛了一圈，墙下是绿树掩映下的城区……平民百姓的住宅……院内树木扶疏，花草茂盛，整个北京城从高处望去绿荫如盖，有赏心悦目之感。"这是100多年前的北京，可见那时的北京是没有雾霾的。

现在的北京，古城墙没有了，钟楼还在。站在钟楼上，我看到了北京尚存的老城区，那里还有成片的老四合院，每个院子中都长有一棵大树，各院的大树连成一片，老城区的上空果然绿荫如盖，老百姓都生活在树下。我想，也许这就是北京以前没有雾霾的原因。

要建设宜居城市，必须先从社区做起，每个社区宜居了，城市环境自然就好了。

2011年，我回访德国，在德国南部著名的绿色城市弗莱堡参观了一个由旧军营改造成的宜居社区——沃邦居住区。那里曾是第二次世界大战后法国军队的驻地，1992年法军撤离，在政府的支持下，这片占地30公顷（30万平方米）的旧军营被改造成了很受欢迎的低碳、绿色社区。

沃邦居住区很有名，被誉为欧洲最低碳的社区。这里的大多数居民没有私家车，人们的出行方式以步行或骑自行车为主，比如，我看见有位女士自己拉着一个木制拖车去超市购买矿泉水——人们都不愿意开车。在建筑的屋顶上，利用太阳能的设施很常见，整个沃邦居住区主要使用可再生能源。

德国弗莱堡市的低碳社区——沃邦居住区（李皓摄于2011年）

沃邦居住区的绿化带设计具有多种功能，由于居民出行基本依靠有轨电车，电车的两条轨道就安装在绿化带中，乘坐此电车，人们15分钟就能到达市中心。绿化带里还设计了宽大的植草明沟，下雨时，地表径流能自然汇集到草沟之中。

　　沃邦居住区每家每户门前的绿地由居民自己打理，可以种花，也可以种草药，只要是植物就好。社区鼓励居民栽种蔓藤植物形成立体绿化，因为立体绿化能隔热降温——在德国南部，因光照充分，夏季比较炎热。在沃邦居住区，我看到了由市民向政府购买土地后自建的住房，这些住房通常是由几个关系比较好的家庭共同出资买地建造的低层楼房（每家住一层）。新房子的设计风格必须与周边建筑保持协调，高度也必须一致，在获得邻居们的认可之后，新房才能开建。

沃邦居住区的有轨公交车行驶在绿化带中（李皓摄）

　　在居民投放垃圾之处，整齐地排列着垃圾分类投放箱，而且有的投放处还建有围栏，以防小孩进入。这样的设计显得细致而周到。

沃邦居住区的设计者希望达到两个目的，一是低碳，二是促进居民们的沟通。在两栋居民楼之间，设计者有意留出了一片模拟自然的绿地场所，这些绿地的地表由细石、草地或沙组成，多种树木错落地栽种在绿地中，形成良好的树荫。这样的绿地能吸引小孩和大人每天到这里来玩耍、休闲，促进人们相识、交往，进而成为朋友。在这个社区里，能找到免费帮你看孩子的邻居。这样的人际关系有些像中国传统的邻里关系，而这正是当今德国设计宜居社区所重视的。

宜居城市为什么要从社区开始？因为社区是城市的细胞，当每个社区的居民们都行动起来时，我们实现城市宜居的梦想便指日可待。

扫一扫 看演讲视频　　　　　　　　　扫一扫 听演讲音频

闫妍
/
从模型至上到思想治国

闫妍，中国科学院大学经管学院MBA中心副主任，国科大（北京）教育科技发展有限公司董事，国家信息中心时空大数据研究中心副秘书长及高级研究员，著名经济学家成思危先生的学生；曾获得中国科学院卢嘉锡青年人才奖（2014年）、国务院研究室年度研究成果二等奖（2013年）、国家发改委中青年干部经济研讨会优秀论文奖（2011年）；参与撰写的图书《金融与国家安全》于2016年获第四届金融图书"金羊奖"。

1999年，我被保送到南开大学金融学系，当时觉得，如果学金融，数学很重要，因此读了金融和数学双学位。大学毕业时，我成为南开大学金融系第一个拿到金融和数学双学位的学生。大四时，我联系了中国科学院数学与系统科学研究院的副院长汪寿阳教授，希望跟汪教授读硕士。汪教授觉得我的情况非常好，当时正好赶上成思危先生第一年在中国科学院研究生院招收硕博连读生，他就把我和另一位同学推荐给了成先生。

我做事一直比较着急，在本科大四的时候，希望能够提前进入研究状态。2002年10月，大四刚确定保研之后，我见到成思危先生，就向他征求意见，问他我未来读博士期间研究的题目该是什么。

成先生当时说了一句话："未来10年中国房地产会有大的发展，希望你能够从事房地产领域的研究工作。"2002—2012年，正好是中国房地产市场的黄金10年，由此可以看出，成先生对于中国经济、中国房地产市场的预测非常有前瞻性。

我之前一直想研究金融数学、金融工程领域的相关课题，但老师给我提供了一个新的方向——房地产。所以，我在自己的兴趣领域和老师让我做的研究方向里找了一个结合点：研究住房抵押贷款支持证券MBS的定价。

这两年，中国资产证券化的发展速度非常快，我的学生现在特别好找工作，很多券商、金融机构愿意要他们。但在2003年，中国还没有住房抵押贷款支持证券，中国第一支住房抵押贷款支持证券——中国建设银行的"建元一号"推出时间是2005年12月。

什么是住房抵押贷款支持证券？简单来说，现在北京房价非常高，如果你想买房子，全靠自己家的钱凑不够全款，需要进行贷款。这样一来，银行手里有很多贷款，将已有的住房抵押贷款打包成资产池，证券化后卖出去，投资人买了这个住房抵押贷款来支持证券，银行获得了融资。这就是我研究的第一个课题。

在研究过程中，我遇到了一个原来没有想到的问题，即我们要预测这个资产池的现金流。但是自1998年开始，中国进行城镇住房制度改革，1998—2003年，住房抵押贷款的量不大，发生违约的很少。

如果房价出现大幅度下跌，导致房地产泡沫破灭的话，违约率会大幅度上升。但是这个违约数据，我们根据中国的历史数据是推测不出来的，所以我又给自己选了新的研究题目：中国会不会出现房地产泡沫。

2003—2007年，我主要研究房地产泡沫问题，研究了几年之后，非常"荣幸"地迎来了全球历史上最严重的一次房地产泡沫破灭事件，即2007—2008年，由美国次贷危机导致的全球金融海啸。

2008年9月15日，雷曼兄弟破产倒闭，标志着金融危机全面爆发。我从2007年8月开始密切关注这次金融危机，危机的指标是"泰德利差"。一般来说，"泰德利差"越高，表明市场流动性就越差。美国市场上的"泰德利差"在2007年8月陡然上升，当时很多国家出现了流动性的紧张。

2008年1月，一些美国大型金融机构相继披露他们在2007年遭遇了历史上最大亏损。当时，我没有坚持做MBS定价的一个原因就是：当房价出现大幅度下降的时候，违约率大幅上升，很多人还不上钱，以次级住房抵押贷款为基础资产的证券化产品，包括很多相关的复杂金融衍生品价值都出现了大幅度下跌，很多金融机构出现亏损。

2008年1月，当很多人认为中国股市在北京奥运会后会到7000点的时候，我建议周围的人把手中的股票都卖掉。当时，我们发表了一篇英文的SCI论文，认为全球各个国家的股票市场最主要的规律就是同涨同跌。

我们研究发现，2005—2010年，世界上30个主要国家的股票市场是同涨同跌的。当美国作为世界主要金融市场发生系统性风险，中国股票市场也在劫难逃。2007年10月，上证综指达到了历史最高点6124点之后，在2008年一泻千里，最低跌到1664点。

这么多年，我做了很多模型，而且我擅长从数据中挖掘出一些信息来建模型。我招的学生，计算机编程、数学建模的能力要强。但是这几年，在跟随我的博士导师和博士后导师做研究的过程中，我也意识到国家在制定经济政策时，对思想是非常看重的，因此便有意识地做一些将模型和思想结合起来的工作。

我之前研究过住房保障的问题，调研了很多城市保障房的建设。我们发现一个现象：很多城市都倾向于将廉租房集中在一个社区中建设。廉租房是指对于收入能力较差，无法通过市场买房或者是租房的人，政府所提供的租金低于市场价的住房。

为了方便建设，很多地方政府把廉租房建在一个社区中。在我们调研欧美的廉租房时发现，如果长期把低收入家庭聚在一个社区中，会出现"贫民窟"现象，并且在欧美的贫民窟中，通常会有比较高的犯罪率、失业率、失学率以及吸毒等各种不易解决的社会问题。

我曾参加美国复杂系统科学研究机构——圣塔菲研究所的暑期学校，当时所在的班有来自20多个国家的40个学生，主要是博士生。当时，老师要求我们在最后一次课上提交一个合作项目，不是老师事先分好组，告诉你要做什么题目，而是大家自由组合，看谁对你的问题感兴趣，就自由成组。

我讲的是中国的保障性住房问题，吸引了几位合作者，其中一位是美国麻省理工学院研究风能的博士，一位是英国曼彻斯特大学天体物理系的博士，一位在密歇根州立大学学建筑学的，他是建筑学和城市规划双硕士学位，还有一位清华大学社会学系的硕士。

我们认为，最开始人们在一个城市的居住地都是随机分布的，但是每个人都希望到好位置居住，比如这个地方有配套的重点中小学，孩子可以上好的学校；有好的医疗条件，有好的医院；购物比较方便；有便利的交通。大家认为上述条件满足项越多，越是好位置，所有人都愿意去这个地方。

最牛的学区房，只有资金能力比较强的人才能买得起。设定条件下，最开始大家随机居住，经过一定演化规律之后，收入较高的人会选择住在一起，这是经济分割的现象。如果政府的公共住房政策将低收入家庭聚集在一起，会使经济分割现象更加严重。

当时，我与来自美国和欧洲国家的朋友交流。他们说在美国和英国，都有过治理贫民窟、治理低收入家庭社区的阶段。现在，欧美采取的是混合收入社区，但是在一个社区中，如果强制安排最低收入家庭和最高收入家庭住在一起也是有问题的。后来我们给中央的建议是，在中等价位普通商品房社区和两限房社区中配比一定比例的廉租房，这一措施现在很多城市都在实施。

党的十八届三中全会提出，要组建多个国有资本投资公司，这是国企改革的重要工作之一。2013年提出来的时候，国家并没有明确说国有资本投资公司具体要投资什么领域。通过研究，我们建议国家组建国有资本投资公司，将资金重点投资于科技、军工、医药保健等领域。这项研究的文章发表在管理学排名第一的期刊——《管理世界》2015年第6期的开篇，作为专稿发表。

这篇文章也给了我很多启示，原来国家一直说金融或者虚拟经济要服务于实体经济，但是我们的研究表明，金融不仅要服务于实体经济，金融还可以引领科技创新、产业升级。这篇文章得到了两位国家领导人的批示，在不到一年的时间里，有两位央企的主要负责人，在写文章和写书的时候引用了我们这篇文章。

在此跟大家分享一下我的恩师成思危先生的一首诗。成先生是2015年7月12日辞世的，这是他6月11日80岁生日的时候写的一首诗，被我们视为成先生的自挽联："畅游人间八十年，狂风暴雨若等闲；雏鹰展翅心高远，老牛奋蹄志弥坚；未因权位抛理想，敢凭刚直献真言；功成名就应无憾，含笑扬眉对苍天。"

作为后辈，我会尽力地多思考、多调研、多研究，为中国经济的发展贡献自己的绵薄之力。

扫一扫 看演讲视频　　　　　　　　扫一扫 听演讲音频

陈祉妍
/
你的心，真的健康吗？

陈祉妍，中国科学院心理研究所教授、国民心理健康评估发展中心负责人；北京师范大学心理系学士，北京大学心理系博士；主要从事国民心理健康状况调查、青少年心理健康追踪研究、心理健康应用测评及干预等方向的研究。

很多年前，我在北大读研究生的时候，北大的舞厅特别兴旺，每到周末人头攒动，那时候我也很喜欢去跳舞。喜欢跳舞有两个原因，一是我比较喜欢有美感的运动，二是我喜欢跟陌生人聊天。

很多人在舞会上搭讪的时候，都会问这样一个问题——"你是学什么专业的？"我的回答是："我是学心理学的。"他们接下来通常会问几个问题，其中一个问题是"你知道我现在在想什么吗？"，还有一个问题是"你看我的心理健康吗？"。

并不是每一个心理学家都知道如何判断人的心理是不是健康，或者说能对心理疾病进行诊断治疗。感兴趣的人们可以了解一下，心理学大概有三十几个分支。登录中国心理学会的网站，可以直接看到这三十几个分支机构。在这些分支机构里面，和心理健康相关度最高的是临床心理学与咨询心理学，这也正是我的专业。

如果没有专业人员的帮助，人们是否有能力判断自己和他人的心理是否健康呢？我们曾经做过一项超过6000人的调查，这项调查里面有一个问题是："你觉得社会上人们的心理问题是不是比较严重呢？"大概有48%的人说严重，12%的人说不严重。值得注意的是，有40%的人认为自己不太清楚这个问题。

在判断自己的心理健康问题时，可能很多人多多少少会对"我健康或是不健康"有感觉，但还是会出现高估或者低估自己心理健康的现象。比如，一些强迫症患者，他们觉得自己的行为是比较奇怪的，而且能感觉到自我控制力是不足的。因此，很多人担心自己会发展成精神病，其实基本上是没有这种风险的。

另外一种经常发生的情况是低估或忽视已经存在的问题。有时候，这种情况发生在我们对自己的评估上。比如，有些人身体上持续发生各种疼痛，有的是腰疼，有的是颈背疼，甚至有的是全身疼痛，在医院里反复地进行各科检查，并没有查出身体上的疾病。这种情况有可能就是心理上有问题，比如抑郁。

人们除了会低估自己的心理问题，有时候还会低估身边的朋友，包括家人的心理问题。在咨询中心，经常会有一些带着孩子来求诊的父母。在生活中，很多人在为自己寻求心理咨询帮助时是有阻碍的，却愿意为了孩子迈出这一步。遗憾的是在很多时候，前来求治的家庭本身已经积累了很多问题。孩子身上的问题在早期就有所表现，家长往往到问题相当严重了才来求治，这种情况下，孩子要恢复到健康需要的时间就会更多，代价也会更大。

为什么会出现这样的低估？因为心理上的痛苦是比较内在的，特别是抑郁方面的问题，患者内心可能是崩溃的，而别人不一定能看出来，哪怕身边很亲近的人。

大多父母更愿意把孩子往好处想，甚至有时候孩子对父母说"我陷入了抑郁"，父母都不相信。有一个家长带着孩子来，想解决孩子学习方面的问题。这位家长觉得孩子做作业非常慢，做很多事情都非常拖延，还有作息等多方面的问题。

我给这个孩子做了心理测验之后，发现他的抑郁分数非常高，可能存在严重的抑郁问题。我把这个情况向家长解释，希望家长能够重视，可是他妈妈却告诉我，她觉得这个孩子在夸大他的问题和困难，只是想给学习不好找个借口。家长的这种态度让我觉得非常遗憾。

如何判断心理是否健康呢？基本上有两个标准：一个标准叫主观痛苦，一个标准叫社会适应。

所谓主观痛苦，指的是这个人内心感到非常痛苦，觉得"我不该是这个样子，我的生活已经不正常了"，这是符合心理疾病的一维标准的。另外一个标准是社会适应，可能是在学习或者工作中，可能是在家庭或其他的人际关系上，有持续存在的问题，没有办法扮演好社会期待的一些角色。

有些人在生活中会有一些小小的怪癖，比如锁门的时候，锁完之后总要多推三下，证明这个门确实锁上了，这种行为不太干扰生活，并没有达到心理疾病的地步。

可是没有疾病就等于健康吗？

很多人是处在中间状态。为了更全面地评估大多数普通人的心理健康状况，我们在2007年制订了心理健康的基本结构，并且在这个基础上研制了中国心理健康量表，分成不同的版本适用于不同的人群。它核心的五维结构是自我、情绪、适应、人际和认知。

自我，指的是如果一个人健康，那么这个人可以对自己有比较恰当的认识，在情绪方面相对稳定，有能力体验到快乐，对生活感兴趣。一个健康的人也是有负面情绪的，也会有烦恼或者生气的时候，只是相对来说比较适度。

在人际交往上，健康的人能够适度参加一些人际活动，更重要的是，能够体会到周围人的支持和关怀，能够适应学习和工作，或者在生活中解决问题，在相关领域能够较好地发挥自己的才智。

在这些维度里，核心的维度是自我。自我是一个人心理健康的核心。可是我发现这个词有时候不那么吸引人。我在大学里面举办一些讲座，当讲座的题目是"如何接纳自我"时，只有几个人来；当题目是"恋爱中的心理学"时，台下座无虚席。其实讲"恋爱"仍是在讲"自我"，在讲恋爱的时候我会说："如果你不能了解自己是一个什么样的人，不知道自己要走一条什么样的人生道路，你又如何去选择志同道合的伴侣呢？"

一个人进入恋爱之中，会深化自我认识。因为在一段深刻的亲密关系里面，你会发现自己有哪些部分是可以调整和学习的，而哪些部分是不管你多爱那个人，你都不会放弃的，那就是你核心的部分。

人们对于自我的认识，可能不是那么关注，这使我想更多地讲自我的维度，以及自我的结构。一个人自我的健康，大概从下面三个角度来描述：第一，能够有一定的自我了解、自我认识；第二，能够有基本上接近现实的自我评价；第三，能有较好的自我接纳。

　　其实，认识自我是一件不容易的事情。我记得有一位非常知名的英国心理学家来北京办讲座，在讲座结束的时候，听众中有一位穿黑衣服的青年站起来问了一个问题，他说："我知道我的父母想要什么，但我不知道我想要什么。"这位心理学家特别有经验，他回答说："听到你这样一个中国青年问出这样的问题，让我觉得中国的未来特别有希望。"但是他并没有具体回答这个问题。

　　如何认识自我？如果探索自我的"打开方式"不太正确，会带来很多的心理问题。在《射雕英雄传》里，欧阳锋是怎么疯的？是黄蓉引得他自己跟自己打斗，然后产生了严重的"我是谁？"这个困惑。听到他一路惨叫着渐渐远去，郭靖不禁重复欧阳锋的最后一句话，喃喃自语道："我是谁？"黄蓉这个时候吓坏了，害怕郭靖也陷入同样的疯狂，赶紧打断他的想法对他说："你是郭靖，靖哥哥，快别想自己，多想想人家的事吧。"

　　黄蓉提供了一种找到自我的、比较安全的方式，就是当我们投入到各种各样的生活活动中，尝试着各种各样的活动，在和别人的相互交往中得到别人的反馈，与别人相比较时，我们能更清楚地认清自我，所以认识自我这个问题不可以坐在家里反复地追问，而要走出去，到外面去体会。

　　自我的第二个维度就是对自己的评价。"基本上符合现实的自我评价"是什么意思呢？举个例子，在美国有一项超过万人的大型调查，其中一个问题是：你觉得自己的外貌魅力和一般人比起来怎么样？有5个选项：第一个选项是"比一般人强很多"第二个选项是"比一般人强一点"第三个选项是"和一般人差不多"第四个选项是"比一般人差一点"第五个选项是"比一般人差很多"。如果人们会如实地回答，如实地认识自我的话，我们一般的规律是：60%的人和一般人的外貌魅力差不多，但是调查的结果并不是这样。

事实上有60%的人回答说，"我比一般人的外貌魅力要强一点点"。如果把这个问题稍微改一改也会得到类似的结果，比如"和一般人相比你的聪明程度怎么样"，大部分人说，"我比一般人要聪明一点"；如果问"你比一般人的道德水平怎么样"，大多数人会回答，"我比一般人高尚一点点"。

类似的趋势在其他调查中也得到了证实，所以是与现实基本接近的。因为你选的是"我比别人强一点点"；但如果你都选择"我比别人强很多"，要么就是各方面真的很出色，要么就是濒临心理疾病的边缘。

如果一个人对自己的判断和评价，与自己的实际情况高度接近，几乎没有一个误差的话，这是什么情况呢？通常这非常难做到，如果做到了，这个人也许在生活中是个悲观的智者，而且一不小心就会对自己评价偏低甚至严重偏低，这是抑郁患者的核心特征。有时候人们会觉得很奇怪，为什么看起来非常优秀的一些人会患抑郁症。因为抑郁的核心特征是，他对自己很不满意，其实也是因为他对自己的标准很高。

比如说在我准备这场公益讲座的过程中，如果我对自己的期许是：希望讲的内容一年级的小学生可以听得懂，希望博士生能够觉得有思想，希望想要娱乐的人听了觉得好开心，希望喜欢思考的人听了觉得好有深度和值得回味，希望能传播最重要的心理健康概念，让所有人的生活都变得更健康。如果我这样去想，我估计当我讲完，甚至还没讲完，就已经陷入了情绪低落。我可能不会记得大家好心给我的掌声，而会反复回忆着自己在讲的时候说错了几句话。

接纳自我有些时候是挺困难的。大千世界万千众生，我们有很多共性，也有很多自己的特点。对于自己特殊的这一点怎么看，有时候取决于你所处的环境。

比如，丑小鸭的故事大家都很熟悉。一只天鹅生活在鸭群中间，它就被界定成了长得很丑。其实它只是一只普通的天鹅，也不一定是一只漂亮的天鹅。但是，一个人所处的环境如果尺度非常单一的话，就会让人难以接受自己身上的一些特点。

我的孩子是有点个性的。他的老师不止一次地对我说："您家的孩子在我眼里是非常特殊的。"我有点担心孩子怎么看这个问题，所以就问他："老师说你很特殊，你觉得是好呢，还是不好呢？"我们家小朋友比较冷静地说："我觉得既没有好也没有不好。"我又问他："那你是怎么想的？"他说："我觉得其实每个人都很特殊。"这也正是我想对他说的话。

我们每个人都多多少少有一点和别人不一样的地方。这需要你去接纳，需要你不再简单地认为这是一个缺点。人在年轻的时候，进行自我接纳的确是比较困难的。因为年轻的时候尚不能认清楚自己，虽然内心深处觉得自己不错，但是积累的证据还不太多。

我们在全国进行一项10~75岁以上的人群调查时，进行了心理健康年龄差异的一个比较。大家可以通过下图看到：在青少年时期，即12~18岁的时候，心理健康的水平一路下滑；在青年时期，心理健康仍然处于低谷；大约35岁以后，心理健康达到了一个比较平稳的状态；到老年大概70岁以后，随着身体功能的衰退会再出现一次下滑。

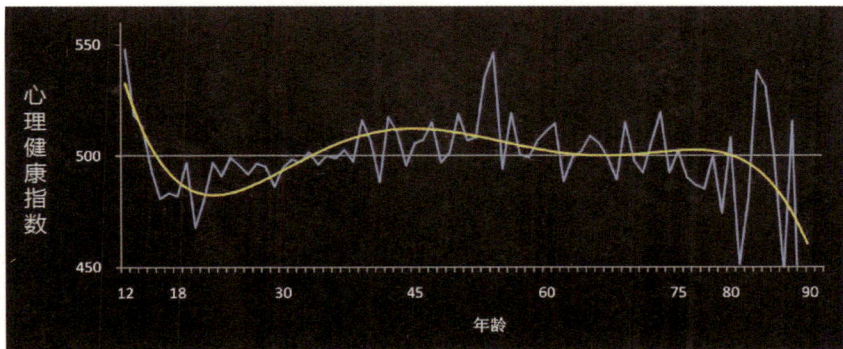

心理健康的年龄差异趋势

青少年和青年时期的这段低谷有生理层面、社会层面的原因，但还有一个不可忽视的原因就是：这个时候就算你很好，你也不是特别确定

自己的价值。所以，我想把最后的这首诗送给那些在困惑中怀疑自己价
值的人。

他爱在黑暗中漫游，

黝黑的树荫，

重重的树荫，

会冷却他的梦影。

可是他的心里却燃烧着一种愿望，

渴慕光明渴慕光明！

使他痛苦异常。

他不知道在他头上碧空晴朗，

充满了纯洁的银色的星光。

扫一扫 看演讲视频　　　　　　　　　扫一扫 听演讲音频

洪平

/

挖掘洪荒之力

洪平，国家体育总局体育科学研究所研究员，长期从事运动健身理论和方法研究、优秀运动员训练监控研究；2002—2015 年国家体操队科研教练，北京奥运会、伦敦奥运会期间担任国家体操队和国家女篮科研团队负责人；2008 年北京奥运会、2010 年温哥华冬奥会、2012 年伦敦奥运会、2014 年索契冬奥会、2016 年里约奥运会科技专家组成员。

什么是"洪荒之力"？

奥林匹克的口号是更快、更高、更强，那有没有最快、最高、最强？没有。为什么？人类的极限在什么地方？这是一个重大的科学问题。医生可以告诉你，血糖高了怎么控制，血压高了怎么治疗。可谁能告诉我们心脏最快的跳动次数、血压最高的承载负荷以及奔跑的速度、跳跃的高度极限指数？这是非常复杂的科学问题。

体育科技工作者的工作是，配合教练员让运动员充分发挥他们的潜力，进行自我完善和自我挑战。有那么一类人可以代表整个人类，去挑战人类的极限，去更快、更高、更强，这才是洪荒之力。

在这个过程中，我们能做什么？首先看尤赛恩·博尔特，他为什么能跑这么快？根据物理学中的牛顿第二定律，人从静止到跑起来，从低速到高速是一个加速的过程。物理学定律告诉我们，没有力量就没有加速度，所以力量是驱动博尔特速度越来越快的核心动力。要想跑得快，首先要有力量，洪荒之力就是来源于此。

是什么决定了力量的多少？是我们的肌纤维。

我的肌肉并不是很强壮，也许是一个两缸的发动机。但是博尔特的肌肉体积和质量可能是一个八缸的发动机。他的动力就比我要强很多，这是其一。其二，神经控制我们的肌肉，神经控制肌肉是大脑对神经冲动的支配和肌肉肌纤维的募集。

我有两个缸的肌肉，但是我的神经只能控制一个缸去运动，而博尔特有八个缸，再加上他的神经训练非常到位，八个缸全部动起来了。我是一辆两驱的汽车，他是一辆四驱的汽车，他能不比我跑得快吗？这是力量的来源和控制。

　　试想一下，一个100千克的运动员，如果身体脂肪含量是25%，他就有25千克的脂肪。如果力量不变，减少5千克脂肪，质量下降是不是加速度就会提高？如果把5千克的脂肪像衣裳一样脱下，往上一跳再落地，膝关节的受力是不是小很多？运动损伤是不是也小很多？所以，肌肉的质量、力量，和身体的质量之间的关系、和损伤的关系不言自明。

　　对于一个优秀的运动员，我们希望他吃更多的优质蛋白质，因为蛋白质是肌肉的物质基础。很多运动员的饮食禁忌是热狗、汉堡、全蛋、黄油、熏肉、煎制食品、冰淇淋。为什么？含糖或脂肪太多。要成为一个优秀的运动员，或者要成为一个科学的健身爱好者，首先要管好我们的嘴。提高摄入食品的有效质量，这是合理营养第一步。第二步是，了解每一个运动员的身体状态和训练水平，比如测速度、力量、心肺功能、运动血乳酸、重跳高度等，了解其身体机能和训练水平，为其设计科学的训练方案。

　　下图是一个比赛周期的训练方案。首先，准备好物质基础，提高肌肉体积。肌肉体积提高了，肌纤维的数量和质量提高了，有了这样的物质基础再去练标准的动作，使技术定型。其次，提高爆发力，使运动员的力量更有质量。最后，提高力量和耐力，使运动员可以多次地奔跑和对抗，维持在一个较高的水平去比赛。

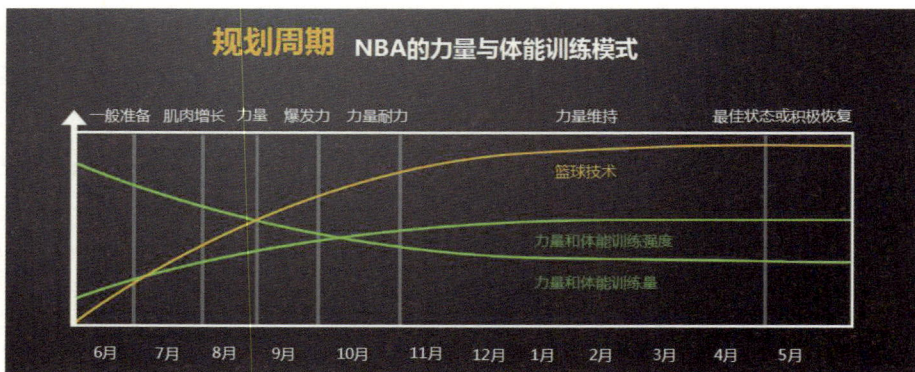

一个比赛周期的训练方案

　　除去力量的训练过程，还有技术、战术和速度的训练过程，所以整个训练计划的设计是一个多维度的复杂过程。基于这样的设计，我们会去了解每一个训练手段是怎么开展的。比如要练投篮，投篮这个动作应该通过引体向上来强化，还是卧推？引体向上是不可以的，引体向上是远固定；卧推是可以的，卧推是近固定。投篮是一个近固定的过程，这是一个简单的现象。

　　先做需求分析，然后选择要练习什么肌肉，再去选择练习的方法、频率、顺序、数量以及间隙时间，这是一个完整的科学训练计划。比如，第一组蹲腿、卧推等，做十五个，中间休息两分钟再做第二组。第二组强度更大，做完一个十五组、一组一分钟的跳绳，这个强度就很大。把这些元素贯彻其中，就是一个完整的训练计划。

　　在训练计划执行过程中，要明确训练要求，比如说深蹲，杠铃应该放在哪？物理学原理告诉我们，接触面积越大，压强越小，所以把杠铃放在肩最宽的地方，同等重量，身体的压强是最小的。这个是安全的。

手的位置在哪？一曲手腕就要受力，手腕就会产生损伤；如果是直的，手腕不受力，手腕的损伤就最小；膝关节弯曲后过脚尖还是不过脚尖？初学者最好不要过脚尖，一旦过了脚尖，膝关节的受力就会变大，就会产生损伤；塌腰的动作和拔腰的动作哪个更对？力矩长，腰的受力比较大；力矩短，腰背不受力，所以损伤就小。

一个简单的动作，因为注意和不注意，产生的效果是完全不一样的。所以，每一个训练手段都要有明确的训练要求。此外，运动员还要控制运动的速度、运动的稳定程度以及呼吸的方式，提高训练质量，还包括教练员指导、严格的计划、正确的动作和全神贯注的热身，不能我行我素。

牵拉练完以后，运动员最后把所有的力量转化成专项力量，在专项技术中有这么一套流程：要依据奔跑的能力，去选择不同的鞋，虽然鞋改变不了，但我们可以为运动员制作鞋垫来提高抓地能力，这样才能保证整个训练科学地开展。

有了肌肉，肌肉的能源从哪儿来？能源从糖、脂肪和蛋白质中来。对于运动员来说，好车要加好油。什么是好油？碳水化合物。

碳水化合物充分"燃烧"生成二氧化碳、水和能量，没有"尾气"；

脂肪和蛋白质的"燃烧"，可能就会产生一些"废气"，比如血乳酸。要让更多氧气进入身体，需要肺活量大。肺活量越大，就会有越多的氧气进入身体和血红蛋白结合，血红蛋白在红细胞里，红细胞运行在血管里，血管把氧气运到身体的各个组织细胞。什么意思呢？就相当于有很多的氧气瓶、很快的运输车、很畅通的公路，快速到达一个非常好的发电厂——能源物质加氧气，能充分"燃烧"生成能量。这是一个运动员产生能量的过程。

有效监测运动员的肺活量、血红蛋白、红细胞、血管、心脏的功能以及线粒体酶里面的活性，才能保证运动员整个代谢的稳定、顺畅、高功率。怎么做？跑步戴氧气面罩、游泳戴氧气面罩、骑自行车戴氧气面罩，在加快速度的过程中评估氧气和二氧化碳的比值。氧气吸入越来越多，二氧化碳越来越多，最后达到一个最高值，叫最大摄氧量。

在上述这个过程中，所对应的心率就是最高心率，即心跳最快的速度。教练员可以通过这个心率来评价运动员承受负荷的强度。这个强度决定了运动员训练的能力水平和自身提高的幅度，氧气供给上的有氧和无氧，反映出不同人员物质供能的功率、稳定性和持续时间。

有了强度以后，就可以用心率、呼吸频率、血乳酸、肌酸激酶、主观疲劳样表，通过生理、生化物理学指标，来评价训练强度，强度是所有训练的核心。

在篮球比赛中经常会看到，运动员打第一节比赛时就会汗流如注、气喘吁吁，为什么？因为人体肌肉是运动肌，它对氧气的需求是瞬间的，而人的呼吸肌是平滑肌，对氧气的供给有惰性。运动员在比赛刚开始时对氧气需求特别高，呼吸肌没有兴奋起来，氧气供给不足导致其气喘吁吁。

当你跑1500米，跑第一圈的时候没事。跑到第一圈半，你感到喘不过气想放弃，那个点叫极点，又叫第二次呼吸。挺过来以后，氧气供给和需求平衡了，气顺了，跑起来就舒服了。

运动训练也是如此。运动员首先要做热身，让心肺功能充分调动，再去进行训练和比赛。训练和比赛后，身体内产生了很多"废气"，比如血乳酸，在训练以后能通过休息消除体内"废气"吗？训练后的放松是慢慢地跑？还是持续性地跑？

研究表明，运动员训练完或者运动完以后，慢跑二十分钟，血乳酸消除得最快，所以做完健身以后，也要做放松活动，不是跑完了就结束。放松是一个重要的部分，是完整训练计划的一环，包括按什么周期，什么时间，要练什么，是心血管系统、肌肉还是循环。第一组做什么，第二组做什么，间隙时间是什么，练完以后是不是要放松，每一个训练计划的内容是什么，结构、间隙是什么，这才是一个完整的训练计划。看起来简单，实则很复杂。

在这个过程中，我们要了解遗传，有一些运动员有马方综合征、地中海贫血等一些疾病。如果通过挑选，能把这样的风险排除，是不是对运动员的身体健康有帮助？

在发育的过程中，运动员可能处于神经的发育敏感期、肌肉的敏感期、心脏的敏感期。我们要去寻找发育的时间点，不看身份证，只看骨龄——骨龄代表了生物发育年龄，而不是社会年龄。另外，还要看运动员的健康状况，是否有受伤、感冒，或者别的健康问题，还要看机能、肺活量、血红蛋白、心脏功能，还要看体能、力量、速度、耐力、柔韧、灵敏、协调，体能是否匹配完备。

在体能的基础上，运动员的技术是否能够发挥到最佳，战术是否组合到最好，心理是否足够坚强，是否了解比赛规则，是否服从指挥，是否有团队凝聚力……在整个训练过程中，上述因素都要考虑。

球员张伯伦身高2.16米，100米跑10.9秒，相当快，400米跑47秒，跳高2.07米，能跑跳的持续时间非常长。在科学的系统训练下，张伯伦成了一代传奇。

有个38岁的女子，想用两个多月挑战120千米的戈壁。怎么办？来我们这儿做测试。我们首先为她做运动风险筛查，证明她的心脏和各个器官是符合健康要求的，然后了解她的身体机能，评价她的身体结构，确定她的强度，了解她的负荷，诊断她的伤病；对她的跑动姿势进行科学分析，帮她纠正跑步的姿势，进行力量训练，包括进行田径场的匀速训练，现场的训练，包括她的鞋和装备、饮料如何选择等。

通过两个多月的训练，她的体重下降了0.5千克，肌肉却长了2千克，多好的现象。肌肉长了，有力量；体重降了，损伤少。跑动姿势得到改善，这位女士的训练强度达到了比赛的强度，最后她挑战120千米戈壁成功。CCTV 10《走近科学——征战戈壁》的第3集，曾经对此做过报道。

对于老百姓，运动是什么？运动是良药，可以带来健康，消除一些慢性疾病，控制糖尿病和血压，甚至对心理问题都能有很好的改善。

但是我也想强调一句，是药三分毒。现在很多马拉松比赛中，80%以上的参赛者会受伤。有一次比赛有两万人参与，其中九千人出现肌肉拉伤。什么原因？赛前没有做好充分的热身和牵拉，提前做热身准备，运动伤害就可以避免。希望大家记住：运动是良药，是药三分毒。

现在国际上有一个概念，把每一个病人都当成运动员来看。什么意思？病人要回归健康，回到家庭，走向社会，成为一个健康正常人，还要回归工作岗位，成为一个对社会有贡献的人。

像对待运动员一样去对待病人，训练他们康复，使他们健康，能够胜任社会责任，这是目前我们在大力推广的活动。

如果孩子们从小爱运动，肥胖率可以减少30%，请假的天数可以减少2天，受教育的程度会越来越高，工资收入会增加，医疗保健的损耗会降低等。如果不爱运动，孩子可能就会出现肥胖，可能会因为请假多，学习不太好，工作以后的工资会逐年下降，医疗保险损耗会增加，最后导致寿命可能会减少5岁。

父母不爱运动，孩子可能也不爱运动，这是一种会影响一生的生活方式。我们提倡：每个人都坚持锻炼、终身锻炼。那么，这种锻炼的科学指导是什么？通过知识的传播，形成理念，通过理念来指导我们的行为，通过行为来养成我们的习惯。

运动可以成瘾。那些痴迷马拉松的人证明了运动是可以成瘾的。成瘾就是成了一种习惯，在这种习惯下，可以幸福健康一生，这是多么完美的一件事情。没有全民健康，就没有全面小康。

老年人身体不好，家庭的负担以及家庭的幸福就会受到影响；劳动者身体不够强壮，社会的生产力就会下降；青少年如果体质不好，社会的未来就没有希望。

增强体质，促进健康，是关乎中华民族可持续发展的重大问题。我们要做的是：推动全民健身和全民健康深度融合，真正去挖掘中华民族伟大复兴的洪荒之力。希望大家都参加到我们的健康事业中来，和我们一起锻炼，一起收获健康、快乐。

扫一扫 看演讲视频

扫一扫 听演讲音频

第 3 章

寻找内心的力量

蔡石

/

生活在别处

蔡石，人文地理摄影师；The North Face（北面）亚洲首位签约摄影师、联合国教科文组织MAB首席摄影师、佳能赞助摄影师及官方评委、英国皇家摄影学会LRPS会员、《中国国家地理》签约摄影师。

　　我12岁时才拍了人生的第一张照片，因为快毕业了必须要拍一张毕业照，才让我有机会第一次见到照相机。那时候拍一张照片要两三块钱，我父母一个月的收入才二三十块钱，不太可能为一张照片给孩子支付如此大的开销。在当时，摄影对我来说，是非常遥远的，也是很昂贵的。

令我印象特别深刻的是，拍毕业照那天，摄影师牵了一匹很瘦很瘦的白马。这给我的感觉就是，摄影师的工作就是牵着一匹白马走四方，到处给别人拍照片。虽然那时候的照片很昂贵，但是我的理想不太穷，我长大后可不想当这样的摄影师。

人生中会有很多偶然的机遇，或者叫蝴蝶效应。一只蝴蝶扇一下翅膀，会引起遥远地方的大风暴。我人生中第一只"蝴蝶"出现在高二，那年我17岁，那是我第一次正式使用照相机。当时，我的一个好朋友住在海边，我就趁暑假去他那里玩，并想把人生第一次去海边的珍贵时刻记录下来，但我根本不懂拍照片，之前也没有碰过相机。

刚好我们班主任有一台相机，于是我鼓起勇气，在老师的宿舍楼下徘徊，想去借相机，但是又不敢。那个时候，一台相机大概要六百块，老师一个月的工资也就五六十元。

我很庆幸自己那时候有那么大的勇气，从晚上7点一直徘徊到8点半，终于鼓足勇气上楼敲了门。在这里，我想特别感谢班主任老师，他把相机借给了我。在学生时代，我没有钱，也不懂摄影，买了半卷胶卷，人家帮我装好，告诉我晴天应该怎么用，阴天应该怎么用，我就依样画葫芦。

摄影是一门需要天赋的艺术。后来，我如愿以偿地在海边用完了半卷胶卷，洗出了18张照片。第一次拿到亲手拍出的照片时，那种心情难以言喻，我不敢相信自己居然可以拍出那么漂亮的照片，色彩饱和度、蓝天和白云，毫无瑕疵。所以从那时候，我的心中就埋下了一颗摄影的种子。

我是一个循规蹈矩的人，人生的道路都是被安排好的。考高中，考大学，进好的单位。让摄影成为职业，我简直不敢想。考上大学的时候，我做了一件即使现在看来也称得上疯狂的事情。大学第一年，家里给了我3000元生活费，我拿出一半买了一台相机，导致我第一个学期到后来都饿着肚子。

那个时候，学摄影的人寥寥无几，整个学校里会拍照片的人一共就两个，一个是门口摆地摊的大妈，她以此为生；另一个就是我，我纯属爱好。所以在学校读书的时候，每次经过大妈摊前，她都用很"仇恨"的眼光看我，以为我要抢她生意。我不能向她学摄影，只好不停地买摄影书籍或相关杂志，边学边练。

其实到目前为止，我从来没有拜过任何一个摄影老师为师，也没有真正学过一节专业的摄影课，算得上无师自通吧。我没有参加过任何的摄影比赛，却成为佳能摄影赛事的总评委。在大学的时候，我对摄影的热爱近乎疯狂，专业课没怎么学好，摄影技术倒进步了不少。

大学毕业以后，我被分配到银行工作。报到之前，我想去报社当一个摄影记者，就兴高采烈地去敲人家报社的门，对方问我来由，我说来应聘。第一家报社说他们不招聘，所以我连门都没进去。我又辗转去了《杭州日报》，庆幸的是这次没被拒之门外，对方问我学的是什么专业，我说是学金融的；又问在哪儿学过摄影，我说没有，话刚说完，我就知道没多大希望了。我一直怀着摄影的梦想，只是那时候还不是很强烈。

我还是乖乖地去了银行工作，因为当时在银行工作是"金饭碗"，很舒服，但工作了两年之后，我意识到这并不是自己想要的生活。我还是希望多出去走一走，看一看，认识这个世界，所以毅然从银行辞职了。我希望去一个能够发挥主观能动性的地方工作，而不是在条条框框里生活。之后，我去了一家跟银行打交道的上市公司，后来又被派到北京总部重点培养，做银行应用软件。

2001年到北京后，我的心变"野"了。北京是文化中心和精英中心，这里有各种各样的书吧、讲座、户外活动、摄影活动，我仿佛如鱼得水一般，每个周末都安排得满满当当，现在回想起来依旧很兴奋。在其他地方，摄影文化都没有北京那么浓厚。

2003年，我去了四川稻城，爬到海拔4700米的地方，开始了第一次真正意义上的创作——拍照片。下午两三点钟的稻城阳光灿烂，周围三座山一字排开，水面上倒映着五彩斑斓的雪山。那一刻，我觉得自己属于摄影，只有摄影才能给我带来这种强烈的归属感。拿着相机拍片子的时候，我觉得自己不受拘束，心潮澎湃。凭借那一组反转片，我当上了蜂鸟网的版主。

大概在2003年，我坚定了自己的目标，那就是摄影。当然我也犹豫过，因为那时候在公司里上班，有车有房，一年的收入非常可观，如果辞职就意味着失去这种生活。我所学专业并非摄影，也没有新华社的工作背景，更没有知名的摄影老师指导过我，专职摄影的话，一定没有在公司过得那么舒坦，甚至还会失去原本拥有的东西。所以，我一直很犹豫，直到第一次去到藏区。

大概在2004年，我去了甘南郎木寺。那里非常寒冷，下着鹅毛大雪，我看见一个妇女背着她的儿子在雪中转山，她背后的小孩儿冻得脸都皲裂了，一直在哭，他的泪水在刚滑落的瞬间就能结成冰。

在这样寒冷的环境中，人们的脸上仍带着温暖的笑容。那里的人对信仰的力量深植骨髓，他们会周而复始地转经。在那里，我接触到很多平时难以触及的东西，看见太多感动又惨烈的画面。我开始思考一个人应该怎样为自己活着，怎样忠于自己的信仰和力量，怎样看待生与死。回到北京之后，我毅然决然地辞职了。

辞职的时候，我就已经预料到接下来的一段生活会非常坎坷，甚至食不果腹，已经做好最坏的打算，那一天也确实来了。那时候，网络并不发达，人文地理的摄影几乎没有市场，我当时只能给杂志拍片子。想要做摄影这个行业，想以它为生，于是我开起了摄影公司。

当时的我既没有太多的人脉资源，也没有太多的环境资源。最重要的一点是，我不擅长经营企业，所以最终惨淡收场。惨到什么地步，把公司关掉，给员工结算完工资后，我兜里没剩一分钱，不但没钱还欠了一屁股债。我只好把相机、镜头等器材全卖了，才把员工的工资全结清。对于一个摄影师来说，没有了相机，还不算惨吗？

北漂一族一般是从地下室开始，再到住上豪宅，开上豪车。而我恰恰相反，我从豪宅、豪车开始，然后再回到地下室。2009年的春节，我第一次没有回家过年，不为别的，因为没钱。我独自看着漫天的烟花，烟花很漂亮，在我眼里却是寂寞和痛苦的。我第一次觉得人生那么痛苦。其实那个时候我内心仍然很平静，因为结果我早已经预料到了。只要有技术、有理想、有能力，我相信自己一定能东山再起。在强大的压力下，内心难免会有些焦躁，但是我从来没有迷茫过，也没有后悔过自己的选择。

2011年，我的人生出现了一次较大的转机。在朋友的介绍下，我去帮他们拍电子商务类的片子，有了稳定的收入。那时，我开始慢慢积累器材，磨炼技术。后来，我成为联合国教科文组织MAB首席摄影师，成为凯迪拉克的御用摄影师，慢慢挣得多了，也还清了债务。我很开心，自己可以买一些好的器材了，也能多回家看看父母了。

有人在微博上问我：蔡老师，你成功的诀窍是什么？其实，我有时候也会问自己。我觉得没有任何标志可以定义"成功"这个词，成功也没有终点。如今的荣誉和名衔并非源于我的规划，只要脚踏实地、别轻言放弃，你想要的都会来找你。

我觉得梦想就是，无论你贫穷还是富有，适合还是不适合，它都在你心中。梦想必须纯粹。

最后，我想说，摄影就是见天地、见众生、见自己。

扫一扫 看演讲视频　　　　　　　扫一扫 听演讲音频

蔡聪
/
从盲人到父亲，
如何练习成为一个"妖孽"

蔡聪，视力障碍者、公益组织者；公益机构"1+1残障人公益集团"合伙人、上海有人公益基金会理事、哈佛大学法学院残障项目研究员；10岁时因药物性青光眼导致视神经萎缩，视力下降至0.02以下；2014年受邀参加时任美国总统夫人米歇尔访华期间举办的教育圆桌论坛；2015年作为中国唯一残障代表参加联合国可持续发展目标青年论坛。

　　"从盲人到父亲，如何练习成为一个'妖孽'"这个题目可能听上去有点非主流，盲人和"妖孽"连在一起，大家会联想到什么样的形象？

或者，一个盲人变成一个"妖孽"应该是什么样子？

我刚参加工作的时候曾经听过一个故事，这个故事发生在哈佛大学法学院。美国盲人联盟的主席去哈佛大学法学院演讲，他说："今天站到这个地方我感到非常骄傲，并不是因为我来到哈佛大学的法学院而骄傲，而是因为我是一个盲人。"

听到这个故事的时候我惊呆了，心想难怪人家在"自信"前面经常加上一个词，叫"盲目"，原来说的就是这位主席。我不明白身为一个盲人有什么好骄傲的，一个人看不见是多么悲惨的一件事情，他居然觉得骄傲。我当时的第一反应就是不理解。但这些年的工作生活经历，让我渐渐意识到这位主席这么说的原因。

10岁的时候，我因为药物性青光眼导致视神经萎缩，半路出家跟上了谢逊的脚步，但是我又没有谢逊的能力，周围所有人都告诉我，"你看不见了，那你这辈子基本上没戏了"。

当时我们并不知道有盲校，在医治眼睛失败的情况下，我一直在普通学校上学，随班混，直到2004年高中毕业。毕业的时候，我向当地省招办申请以工作人员读题的方式参加高考，省招办以没有先例为理由拒绝了。我这才突然感觉到了慌张。在一般人的人生设想里，一个正常的人生应该是上好的小学、好的中学、好的大学，可是在当时看来，盲人似乎没戏了。

　　我开始寻找各种出路和方法，这才发现我们国家还有针对盲人的高等教育。在这种单考单招的特殊学校，虽然只有音乐和针灸推拿专业，但好歹是个大学。本着这种想法，我参加了单考单招，考上了长春大学特殊教育学院的针灸推拿系。

　　这是我人生中第一次接触到一大群盲人，很多人会觉得，盲人因为看不见，所以做所有事都非常困难。现在有了按摩这个工作可以做，盲人应该感到非常珍惜，并且应该非常努力。但是这个结论让我感到非常彷徨，因为我读普通学校的时候，虽然看不见，但是和同学们在一起可以做很多非残障人能做的事情，如收垃圾、开小卖部、做社会调查。所以我觉得盲人也能做很多事情。

　　2010年大学毕业的时候，绝大多数的同学不管喜欢还是不喜欢，不管身体适应还是不适应，都选择了从事按摩行业。我却在左思右想后，回家当了一个待业青年。

　　在待业过程中，我开始上网找工作。我觉得应该有很多人和我一样，相信盲人可以做很多事情。幸运的是，当时我看到"1+1"在招聘视障广播节目制作人，并了解到，原来"1+1"这个项目里也有一批视障人，他们在2006年有了跟我一样的想法，于是聚到了一起，想看看盲人还有什么可能，便走了出来。

　　我觉得"1+1"中的项目很有趣，更是被他们的勇气所吸引。经过沟通，我来到了北京，从做广播开始到现在做杂志、做培训、做媒体倡导……做很多很多事，这些同时也是我喜欢做的事情。在工作的过程中，我认识了现在的妻子，她也是一个视力障碍人士。我们于2015年春节结婚，2016年春节之前有了一个可爱的女儿。非常巧的是，我的妻子和我的女儿是同一天生日，属相也一样。我们现在生活得非常幸福。

这种幸福或许是我们自认为的幸福，不见得是别人眼中的幸福。在走向婚姻和生育的过程中，我们遇到过很多很多的质疑，包括出于善意和关心的质疑。

在我视力开始不好的时候，我父母的内心一直非常彷徨和担忧。我记得有一次半夜两三点醒来，听到隔壁父母在聊天，当时我父亲说："别人家的孩子将来不管怎么样，父母在离开这个世界的时候都是可以安心的，但是我们很难闭上眼睛。"因为我是一个视力障碍者，他们完全不知道将来我该怎么办。

直到后来，看到盲人还能做按摩，他们仿佛看到了一种新的希望。在这个过程中，我父母，以及周围很多关心和爱护我的人，我的亲朋好友们都在不断地替我想办法和出路。但是，他们想办法的基础和出发点是：我看不见，所以我可能做不了什么事情，这辈子也很难取得成功。

我也理解父母，因为他们生活在这样一个社会，这个社会的整体认知就是：盲人这辈子很难有所成就，甚至连照顾自己都做不到。所以我一直在想，要通过什么方式去改变他们，让他们了解并接纳我。

参加工作之后，我要满世界出差，要独立做很多事情。我父母这才渐渐意识到，这小子在北京好像生活得挺滋润，不是他们想象的那个样子，过去可能是没有给孩子机会去尝试更多的可能性。恰好我又碰见了现在的妻子，步入了婚姻殿堂，我父母看到妻子做饭其实做得挺好，他们发现我们俩能照顾自己，我们打破了父母的陈规定见，也改变了他们的一些观点。

但是，周围人的关注点又进行了新的转移，转移到哪儿了呢？我和妻子要孩子这件事，又变成了一个大家共同关心的话题。如果要孩子，万一孩子也遗传了视力障碍怎么办？即使孩子没有视力障碍，可是将来他怎么面对自己的父母是视力障碍？他怎么去面对他的同学，面对社会？他们为此感到非常担忧。但他们从另一个角度又在想，我们生个孩子也好，趁着我的父母现在还年轻，可以帮我们把孩子带大，将来孩子长大了，可以照顾我们。

这种担忧又让我和我的妻子讨论了很久，我们每天都在不断讨论，因为在我俩看来，生一个孩子是没问题的。我们非常喜欢孩子，希望人生中能够有为人父母这样一种生活经历，也希望我们的生命里能有一个或者是一群小生命，和我们一起成长，这是我们所期盼的，这是我们对婚姻和生命所秉持的一种态度。

至于孩子是否有视力障碍，这不是决定性因素，也不应该是决定性因素。所以在妻子去做产检的时候，医生建议我们做基因检测，但是我们拒绝了。医生当时还说，你们将来要是生一个盲人孩子，可别找我。我们说："这跟您真没关系，谁也决定不了。我们可以决定的事情，包括医生您可以做的事情，是告诉更多的视障父母，如果你的孩子是一个视力障碍者，也可以和所有人一样做很多事情。"

2015年年初，我去美国柏金斯盲校访问，亲耳见证到，在美国，很多盲人现在都在普通学校上学，接触的是融合教育，而柏金斯盲校更多的是做支持性工作。

什么叫支持性工作？就是如果一个家庭迎来一个视力障碍的孩子，那没有关系，可能当别的父母在研究怎样给孩子买黑白卡片激发视力、激发智力的时候；我们这边会有31种不同气味的小瓶子，去激发孩子的嗅觉，还有其他不同的方法锻炼孩子的听觉，我们可以把有视力障碍的孩子都打造成"谢逊"。这个思路的出发点在于，我们怎样看待视力障碍这件事情。

如果我们把视力障碍当成个人问题，可能我们所接收的一切反馈，就像我刚开始面对的困难一样：所有接收到的信息都告诉我，你现在看不见了，所以你的人生没有希望了，你完蛋了。

当我们换一个视角，从支持的视角，把视力障碍当成生命的一种特点来看待，就像有的孩子高，有的孩子矮，有的孩子胖，有的孩子瘦一样，我们要做的事情是：怎样去支持和帮助他，让他能够在这个世界上根据自己的情况自由发展，取得属于自己的成功。这就是我们在工作和生活里所参悟并践行的，一种看待残障或者看待人的生命价值的全新方式，它被我们称为社会模式。

我们不再把问题归结到个人本身，而是看到伤残这件事情其实是我们每个人都可能面临的一种状态，只是我们人生中的一个特点，它不是优点，也不是缺点，至于这个特点将来发挥怎样的价值，取决于社会环境中是否有障碍。我们要做的事情是：消除障碍。

其实不光是面对残障，教育也是这样，很多人惯用统一的标准或者分数去衡量每一个孩子。如果孩子做得不够好，达不到某一个标准，我们会将其归结为孩子自身的问题，可能是孩子笨，可能是孩子不努力，可能是孩子贪玩等。

但是，我们从来没有想过，家长所采取的教育方式是不是适合自己的孩子，有没有充分发挥孩子的特点？是不是应该换一个视角，改变我们的教育呢？这是社会进步带给我们的全新思考方式，它的基础在于：每一个人都应该是平等的，拥有同等的生命价值和尊严。

从我决定迎接我和妻子生活中的第一个新生命开始，我们就已经做好了准备。如果我的孩子存在视力障碍，那么我和我的妻子将会有足够的经验去支持孩子，让孩子能够很好地在这个社会上发展。

即使将来孩子可能要面对来自外界的嘲笑，即大家的观念仍旧没有改变，但那又怎样呢？那不是我孩子的问题，那也不是我的视力障碍的问题。如果硬要说有问题，那也是我没有接纳好自己，没有让自己足够优秀，以至于当孩子遭遇这些的时候，没有从我这里获得对生活的坚定、自信与从容。

现在，我们有了一个可爱的女儿，她提醒我要不断练习，不断成长，让我努力成为一个足够让我女儿骄傲的父亲。尽管我现在还没有办法很大声地像那位在哈佛演讲的盲人哥们儿一样说出"因为我是一个盲人而骄傲"，这可能是因为我还是会担心整个社会对我的嘲笑。但是，我希望自己能和女儿一起好好成长，在更好的社会价值观的支持下，未来有一天女儿和我一起出门的时候，她能很自豪地大声向世界介绍："这是我的父亲，他是一个盲人。"

扫一扫 看演讲视频　　　　　　　扫一扫 听演讲音频

韩遂宁

/

一根羽毛的重量

韩遂宁，平衡术专家、《挑战不可能》选手；2017年参加《挑战不可能2》，在4米高空的旋转画框中立起一辆100千克的摩托车；2018年参加《挑战不可能3》，在时速超过350千米的"复兴号"上用23根棕桐叶搭建平衡系统。他认为，掌握平衡，是生活的艺术。

　　我叫韩遂宁，是一名来自河南郑州的测绘工程师，我想和大家分享我和平衡术的故事。有些朋友可能听说过或看到过平衡术，也可能有一些人不知道。

　　什么是平衡术？寻找物体的重心，并且保持这个物体平衡的技术，就叫作平衡术。

　　下图所示是石头的平衡，它看起来很美很好看。除石头之外，还有一些日常用品，小到手机，大到自行车、桌子，或者更大物品都可以做到平衡。

平衡石

　　看完平衡石之后，大家一定觉得挺神奇。一定会有人想，这到底是怎么做到的，是不是人人都可以做到？

　　听完我练习平衡术的故事，大家就会明白了。

我和平衡术的渊源大概始于2014年，当时我在网上看了一个非常震撼的视频，一位日本的女表演者表演了树枝平衡术，也叫羽毛平衡术，她用一根羽毛和十几根棕榈树枝逐渐搭建起了一个局部看似颤抖，但是整体平衡的系统，最后羽毛被拿下来的时候，整个系统随之坍塌。当时，这个视频震撼到了我，后来《出彩中国人》的钟荣芳大姐也表演过类似的平衡术，并且难度还有所提升。

在这个视频的影响下，我也想试试平衡术这种看上去非常神奇的东西。后来我了解到，视频中所用到的树枝是棕榈树枝，我们北方没有，南方才有。于是，我就托朋友在海南找了一些树枝寄过来，然后开始练习。

我一开始练习时没有参照，而平衡术中所用树枝的形状、大小和重量都要计算得非常精确。所以在练习过程中，我失败了很多次，只能坚持不断地重新实践，大概用了两三个月的时间，我终于把羽毛平衡术成功地完成了。

我想试着增加难度，便把眼睛给蒙了起来。眼睛蒙起来之后，人的感知力、平衡力都会下降。我在蒙眼练习的时候，树枝在手里逐渐增多，我根本就不知道眼前的物体是什么。

当时，我蒙眼练习的成功率也只有八成左右。后来经一个朋友推荐，我参加了第二季的《出彩中国人》，就在这个舞台上，我成功地完成了15根棕榈树枝的蒙眼平衡术。

在央视另一档大型节目——《挑战不可能》的总决赛上，我对羽毛平衡术做了进一步升级。

在《挑战不可能》的总决赛上，我站在离地4米高的一个画框里，画框是由一个吊车吊起来的，每一次蹲起，我要顾及手里树枝的平衡、脚下平衡、自身平衡。我站立的画框非常窄，只有16厘米，我的脚尖和脚后跟都露在外面，所以在整个挑战过程中，我全身都是汗，每时每刻身上都绷紧着，非常难，眼睛里面的汗连擦都擦不及。后来，终于挑战成功了。我推动这个画框，羽毛平衡术的整个平衡体随着画框一起转动，画面相当漂亮，非常震撼。这就是我和羽毛平衡术的渊源。

我们继续来讲重力平衡术，不光是平衡羽毛，硬币、手机、笔记本电脑和石头都可以平衡。

说到重力平衡术，据我所知，国内几乎没有人做。我在练习的时候也非常艰难，都是靠自己琢磨。最开始的时候，我比较喜欢挑战难的东西——平衡玻璃瓶。

玻璃瓶表面非常光滑，摩擦力小，很难找到着力点，有时候我坐着练习，一坐就是几个小时。晚上吃过饭，我就坐在那里摆弄着几个瓶子，做各种造型。有一次，我练着练着，一抬头感觉天都快亮了，一看表已经早上5点多了，便只睡了一个多小时就去上班。

有些朋友问我："你练习平衡术的时候坐那么久，会不会感到非常累，非常无聊？"其实我在练习的过程中，整个人身心都必须要静下来，不能有一点点一丝丝的烦躁、焦虑，所以练习平衡术的过程，是可以锻炼人的定力的。

在练习平衡玻璃瓶时，因为想找各种各样的瓶子来练习，我有时候会跑到超市把不同形状、大小不一的玻璃瓶买回来。瓶子拿回家之后，我会催促家人尽快把瓶子里的东西用光，其实就为了早点用那个瓶子。有时候和朋友一起出去喝酒吃饭，我会不停地给朋友倒酒，其实也是为了把瓶子空出来。

不管是在石头上立石头，还是在石头上立手机或者其他物品，因为石头的接触面比较粗糙，所以要容易立一些。玻璃瓶的接触面比较光滑，立起来要更难一些。

我接下来讲一下重力平衡术的原理。玻璃瓶、iPad、椅子，还有电视机，大家可能会感觉只是通过一个点就把它们给立起来了。其实不然，任何一个物体必须有3个点才能立起来，只不过这3个点有的大一些，有的小一些。3个点越大，接触面越大，点接触面积越多，越容易立起来；如果粗糙程度比较弱，表面光滑，接触面比较小，就难立一些。

在平衡玻璃物体的时候，由于表面比较光滑，接触面积很小，要不断挪动物体的角度和位置，寻找它的重心。另外，要寻找这个物体和下面有摩擦力的那个接触面，用静摩擦力来平衡物体。

如果把iPad的一个角立在石头上。iPad的一个角其实不是一个点，用放大镜放大之后，你会发现接触点很多，不止两个。所以，不断地调整iPad角度的时候，就需要摩擦力。

石头、手机、iPad，这些都是静物。其实，与平衡静物相比，平衡人会更难一些，因为人会动，即便身体保持不动，也会有呼吸，所以，我又挑战自己去尝试着平衡人——要用椅子的一条腿平衡人。在《挑战不可能》中，我平衡过王力宏。

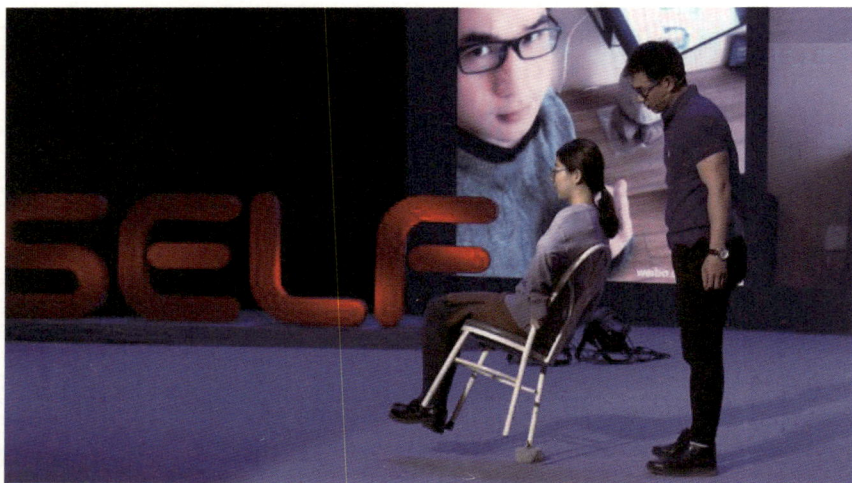

韩遂宁现场示范平衡一个人

不管是平衡人，还是平衡小东西，都是在稳定的基座上进行的。不管是桌面，还是地面，都是稳定的基座。在《挑战不可能》的初赛上，我尝试了一个平衡界前所未有的挑战——用摩托车的一个支架，把一辆100多千克的摩托车，平衡在了一个会晃动的画框里。因为画框是晃动的，所以说基座不稳，这种项目之前没有人做过。

完成画框摩托车平衡需要先在地面上练习。我找了一辆摩托车，练习了两三天，在地面上试验成功后，我来到北京和导演一起测试这个项目。当时的棚子令我记忆深刻，它在户外，没有空调，非常热。

当两位助手帮我把摩托车抬到画框上的时候，我感到前所未有的困难。我扶着摩托车不动，摩托车会随着画框上下颤动。因为画框强度太低，摩托车太重。每次尝试平衡的时候，我不仅要挪动摩托车找平衡点，还要稳住这个画框不让它动，所以手脚并用。

每次练习下来，我都是全身湿透，体力透支。我大概失败了三四次，在快要放弃的时候，一松手，不知道怎么回事，成了。我不知道它怎么就平衡好了。

我记得很清楚，当时对面坐着的导演激动坏了，非常兴奋。这个节目构思非常好，大家很想做成，但都知道特别难。这次测试成功之后，后来也重复过，成功率也不是百分之百，但最后录制时，我幸运地把这个项目给挑战成功了。

录制节目的时候，我们看到画框被推动，这其实和一开始的设计不一样。最初画框上面吊的是一根钢索，推动的时候，我要推着画框走一圈，像上发条一样。推一圈后松手，画框会自己反转，靠那个劲儿反转。这个操作有个弊端就是非常不平顺，有时候钢索打结会顿一下，摩托车就会倒。

在录制前一天，我突然想到，可以采用连轴转的钩子，这样轻轻一推画框就动了，经过这一改动，最后节目上呈现出了一个非常美的画面。

这就是我和平衡术的故事。

今后，我会继续挑战不可能，创造出更多有创意的平衡节目。

扫一扫 看演讲视频

扫一扫 听演讲音频

王欢欢
/
一个番茄的历史

王欢欢，畅销科普书作者，擅长将看似无关的知识点串联起来，给读者呈现出一个个不可思议的世界截面；2013年开始微信公众号"美好百科"的写作；2014年出版作品集《美好百科：这个知识点超纲了》；2016年9月出版《美好百科2：糟糕！我的脑子在跑》。

在写百科文章的时候，我非常喜欢从一个知识点跳到另一个知识点，这不是故意为之，就好像在写作的过程中，脑子在旅行，先写一件事情，前面有一个岔路口，就会忍不住转向；又走到了另一个岔路口，发现了另一件很有意思的事情，于是又联想到别的事情。

很有意思的是，写完一篇文章的时候，我发现文章连接了很多个看似八竿子打不着的事，当它们连在一起的时候，却呈现出完全不同的世界截面。这个截面很新鲜，或许能给读者带来看世界的新视角。这就是我这几年一直在做的事情。

今天要讲番茄，那我得从自己最喜欢的《加勒比海盗》系列电影开始讲。《加勒比海盗》是非常优秀的电影作品，它的第一部名叫"黑珍珠的诅咒"，是很多年前的电影了。

这部电影里面有一枚金币，也就是主演凯拉·奈特莉戴的那枚金币。故事是说很多海盗拿到了这枚金币后，受到了诅咒，他们要想办法把花出去并受到诅咒的金币收回来，送回一个山洞，这样诅咒就能解除了。

这枚金币除了中间的骷髅头以外，旁边一圈还有其他的花纹。在加勒比海附近，这种受诅咒的金币名叫阿兹特克金币。

阿兹特克金币有个传说，当年西班牙海军带了两千人登上中美洲大陆，发现了由印第安土著——阿兹特克人创立的阿兹特克帝国。西班牙人花了两年的时间就把阿兹特克帝国全灭了，阿兹特克人被杀了大半，非常悲惨。

当时，有钱的阿兹特克贵族凑了一大箱金币给西班牙人，向西班牙人求饶。但是西班牙人收到金币以后，并没有饶过阿兹特克人，还把阿兹特克帝国基本拆光。死去的阿兹特克人满怀怨恨，对送出去的金币施了魔咒，所以在几百年后，这些倒霉的海盗拿到金币之后依然会被金币诅咒。

当然这个传说找不到出处，但是关于阿兹特克人和西班牙人的这段历史，真的非常惨痛，甚至到了骇人听闻的程度。

埃尔南·克尔特斯

上图是埃尔南·克尔特斯的照片，就是他带领着两千西班牙人进入了阿兹特克帝国，打败了当时最勇敢善战的民族。阿兹特克当时是跟印加帝国同样大小、并驾齐驱的一个帝国，而且阿兹特克人非常英勇善战。

阿兹特克人被灭族的原因是：埃尔南非常不地道地送给他们含有天花病毒的毯子。当地人对这种病毒没有免疫力，所以他们很快就病倒一大片，像被割的苞米一样倒下了。

那时，连欧洲人都说埃尔南是人间禽兽。埃尔南为自己的暴行找了一个借口——阿兹特克人搞活人祭祀。其实，阿兹特克人平时不吃人，甚至连肉都不怎么吃，不养猪、不养羊、不养牛，家里可能会养鸡、养兔，大部分时候吃菜园子里的东西。

当时，美洲的菜园子有辣椒、玉米、甘薯、可可豆，有很多种美味的食物可以供阿兹特克人食用。阿兹特克人是吃素的，为什么要搞活人祭祀呢？他们觉得，自己这辈子如果让神很高兴的话，下辈子神就会把他们变成小蝴蝶，成为一个以吃花露为生的小生灵，这是他们的终极诉求。此处讲的菜园子，除了可可豆、玉米，最重要的作用还有番茄，这些东西在埃尔南所处的时代都被带到欧洲。

在大航海时代，埃尔南这类人来到阿兹特克或者印加帝国，他们是为了什么？想要拿走什么？

当时，西班牙人想要金银财宝，跟后来的海盗一样，所以菜园子里的东西都被当成了很不起眼的标本带回去。

至于大航海时期，西班牙人为什么会发现新大陆，这是因为人们都想吃好的、穿好的。当时，欧洲的贵族最好的衣服是亚麻布制成的。欧洲人的餐桌上没有什么好食物，他们都吃豆子、牛羊肉。大航海之后，欧洲人在美洲、印度得到了制作牛轧糖的花生，还得到了土豆、菠萝，在阿兹特克得到了番茄、制作香草冰激凌的香草、可可豆，以及玉米、墨西哥辣椒。除了土豆，还有很多的植物被航海家从美洲搬到了欧洲，经过了好几百年的时间，才慢慢地为人所知——原来这些东西可以吃，并且很好吃。

下图是土豆的花。土豆被运到欧洲后，大家都以为它只是观赏性植物，欧洲的皇后会把土豆花戴在皇冠旁边。土豆花变成当时很时髦的东西，只有最有钱的绅士美女，才有佩戴这种花的资格。

土豆的花

辣椒是阿兹特克国王比较喜欢的食物，当时的国王吃的巧克力就是辣椒巧克力糖，没有牛奶巧克力，所以传到欧洲之后，这个东西也并不被人喜欢。

不仅土豆和辣椒被欧洲人忽视，番茄受到的委屈比土豆、辣椒更大。阿兹特克时期，番茄有点像现在的圣女果，是黄色的，随着生长环境、光照的不同，每一颗的味道都不同，很难让人有"安全感"，所以番茄西班牙一直都没有流行起来。

1521年，埃尔南把这些东西带回西班牙。1523年，西班牙皇族种过一些小番茄来观赏。16世纪，小番茄从西班牙传到了意大利。虽然现在意大利已经离不开番茄，餐桌上有各种番茄酱，但那时候，意大利人没有见过番茄，当时的植物学家见到这么大的番茄，以为是曼德拉草。

什么是曼德拉草？就是《哈利·波特》里同学们上植物课时，拔出来的根是小人形并且会哭的那种植物。在欧洲，那是一种魔法草。如果有人受到了诅咒或者被狼人咬过，服用曼德拉草就会恢复知觉。下页图右侧的是当时的人手绘的曼德拉草，即扭曲的、有点像人参的东西。曼德拉草的果实是黄色，意大利植物学家给它起名叫"金苹果"。

番茄在魔法圈子里混了很长时间之后，大家终于发现它可以食用了，但拿到厨房，发现不好吃，所以意大利人在很长的一段时间内，也不知道怎么食用番茄。

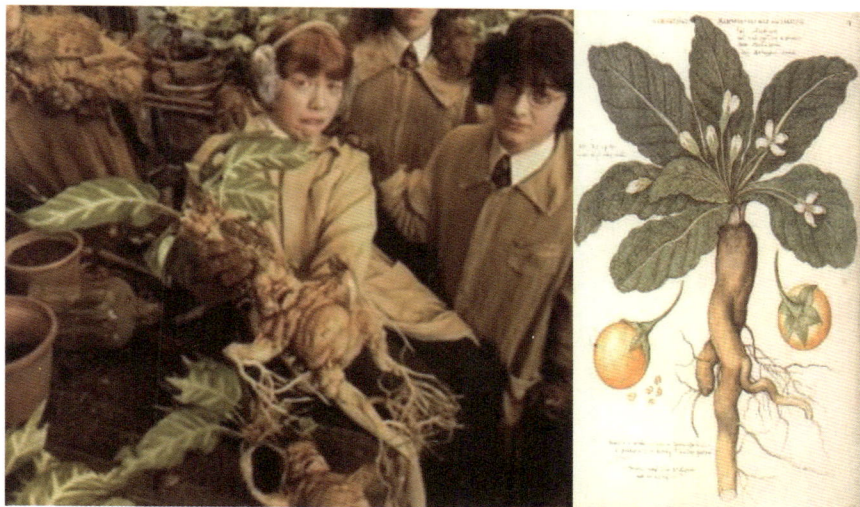

《哈利·波特》中的曼德拉草

16世纪末，当时流传的"魔草"传到了英国。更可怕的是，有一个"二把刀"植物学家，把别人的研究成果断章取义地放到自己的文章中，出了本书叫《植物志》。

《植物志》里面说，番茄在南方吃就没事，在北方吃会有毒。大家因此认为番茄有毒，没有人敢吃番茄，番茄被冤枉了两百年的时间。直到18世纪，意大利人发明了比萨饼，制作了番茄意面。此时意大利人跟其他人说，番茄没有毒。

后来，英国一部分人也知道番茄没有毒，但是关于番茄令人恐怖的印象已经无法改变了。在英国，雾蒙蒙的天气确实让番茄长不好。回到故乡美洲，好的阳光、干燥的空气才能孕育出硕大、甜美的番茄。

没被英国人好好对待的番茄，被英国的移民带到北美，拓荒者把番茄当作思乡的一种植物，种在花园里观赏，番茄又开始慢慢地长大了。

直到1822年，在美国，有本名叫《美国农民》的杂志不断普及各种植物的科学知识，提倡大量种植番茄，并宣传番茄是非常好的经济作物，但没有人理会，大多数人仍然以为番茄有毒。

南北战争的时候，大家都需要可以储存的、有营养的食物。当时已经开始流行马口铁罐头，于是人们把番茄制成番茄酱，变成军用粮。后来大家才发现，番茄真是有各种各样的好处，尤其是维生素含量丰富。

在经济匮乏的时候，番茄酱可以存放很长时间，可以吃很久。在南北战争时期和结束之后，美国种子公司的育苗专家不断培育番茄品种，番茄由此变成了一种非常普遍的食物。

最重要的是，在19世纪末，育苗专家研究出了皮很厚、可以存放较长时间的杂交番茄，杂交番茄成了一种全球化的食物。之前小的、酸的番茄品种也没有消失，它们在那些番茄发烧友的菜园里。

其实，世界上还有六千多种没有杂交过的纯种番茄，它们是通过自花授粉来繁殖的，一直保持着自己原来的形态，这些番茄在很多西餐馆可以吃到，名字叫"传家宝番茄"。

好了，我们一路从《加勒比海盗》跑题跑到了现在这个地方，但在不断跑题的过程中，我们了解了番茄的历史，我想这也是个很好的结果吧。

扫一扫 看演讲视频

扫一扫 听演讲音频

张萌
/
20岁，女性的一个"糟糕"的年龄

张萌，全球青年领导力（GYL）创始人、青年加速器——极北咖啡创始人兼CEO；毕业于北京师范大学，英国语言文学与经济学双学位，后保送留校直博攻读功能语言学与脑认知心理学博士学位；曾担任北京奥运会火炬手；获北京市三八红旗手、凤凰网"教育先锋人物"等称号。

　　某天晚上十点钟的时候，我刚下班，在回家路上，微信响个不停。我打开微信，发现朋友圈里80%的朋友，同时给我发了一条信息，"你上《人民日报》了"。

我当时觉得特别纳闷，于是就开始查，发现《人民日报》的微信、微博，甚至是一系列的"10万+"大号都在写我，题目就是"20岁的生活方式，决定了30岁的打开方式"。

在接下来的一个星期，不断有媒体发出邀请并想采访我，"萌姐，你能不能聊聊你的20岁，讲讲你的30岁？"我是一个"85后"，在进入30+、跨越了30岁这个年龄的时候，年龄促使我做了很多的思考。

我开始反思20岁应该做什么，20岁时的行为会对30岁的自己产生什么样的影响，这个话题特别值得我们去思考。我们可以回忆20岁的时候，做了哪些至今依然印象深刻的事情。

我身边20多岁的人，每一天思考的就是等待升职，或者等待加薪，或者是去一家500强的大型公司面试，等待被录取。这些事情可能是每一个20岁的小伙伴都经历过的。

事情都有因果：你种下了一个因，所以结了一个果。由此，我们可以反思，20岁应该怎样去过，会在30岁结下什么样的果。我看到大多数年轻的朋友，无论是男性还是女性，20岁的时候总是赖床，早上起不来，起来就有起床气，或者说"懒癌"发作；领导交给的工作，总在最后一刻才提交，永远不会预先地去准备工作；把工作当成任务，并非把工作当作自己提升的空间。

为什么我们总是羡慕那些媒体上报道的成功人士，却没有想过成功人士背后付出了多少努力呢？

年过20岁，我们应该如何度过每一天，是否需要时间管理，是否需要有效率地过好这一生？这就是我对20岁的一些思考。

《20岁的生活方式，决定了30岁的打开方式》这篇文章其实也是在讲这种因果关系，下图是我的新书《人生效率手册》中的人生电池图。表达的意思是，我们每一个人的一生就像一块电池，用电的总量是一样的。

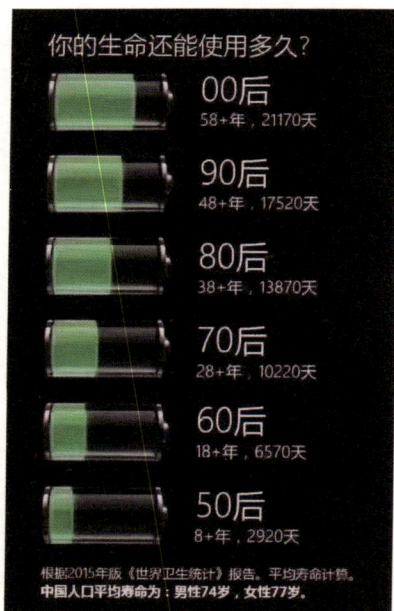

《人生效率手册》中的人生电池图

大家可以在上图中找到自己对应的位置，就像我，现在应该属于第三位。"80后"是社会的中流砥柱，现在才开始发挥作用，但其适用于奋斗的时间，目前看来只剩下了一半；很多"90后"沾沾自喜，觉得自己还没有"出道"，但是你的"生命电池"其实只剩下了3/5。

早上起床就开始刷朋友圈，八卦谁家发生了什么样的事情；到了办公室后就打开电脑，跟同事聊聊昨天的娱乐新闻。那么，我们到底有多少时间是可以被浪费的？人生电池图理论给了我们每一个人提示，但答案只能我们自己给出。

我的20岁，应该是14年以前，2005年我考入浙江大学生物医学工程专业，但是不到一年我就选择了退学。原因特别简单，因为浙江大学地处杭州，在杭州没有机会报名当奥运会志愿者，而我一直想当一名奥运会志愿者，所以我毅然决然选择了退学。

我回到家乡沈阳准备复读，但是我发现，如果想到北京读英文专业的话，最好是一名文科生。所以通过两个月的时间，我从理科生变成文科生，考入了北京师范大学英文系。

在本以为可以沾沾自喜的时候，我人生的一次磨难开始了，伴随着每一个新生入学，都会有一次新生摸底考试，当时的考试结果令我至今难忘。我们英文系一共有120人，将近第90名的成绩令我体会到了什么叫作羞愧。

在我全部的学生时代，从来都没有过这样的成绩。我一直以来都认为，我的英语成绩是可以让我沾沾自喜的。但现实是，我处于一个中下游的水平，如果不努力还可能会越来越差。

我从小就有一个梦想——当一名外交官，我喜欢站在舞台上与观众交流的感觉。于是我做了一个计划，如何能够成为一名外交官？这成了我人生中的一道题。有没有可能通过3年的时间，到大四的时候，我就有机会成为一名外交官，我的梦想有没有可能实现？

我的数学非常好，于是我做了一些相关的计算和统计。首先，我先看了一下学长学姐——北京师范大学英文系的毕业生们，有哪些是外交官，他们怎么当上的。据多年的数据统计显示，只有成为年级第一和第二名，才有机会成为一名外交官。

于是我就明白了，要达成这个阶段性梦想，唯有成为年级第一名或第二名。为了保险起见，我不能当第二名，因为如果只有一个名额的话，第二名很可能会被淘汰。所以，我的梦想就变成了：通过3年的努力奋斗，成为北京师范大学英文系的第一名，最后实现成为一名外交官的梦想。

管理学中有一个著名的理论，叫一万小时定律。它的基本理论是，如果你想精通某项复杂的技能，一定是复杂技能，你训练的时间至少是一万小时。

我做了一个数据统计，北京师范大学到底给了英文系学生多少小时的英文训练呢？答案是：5000~6000小时，于是，我的公式就变成1万小时减去5000~6000小时，需要自己额外训练的时间就是4000~5000小时。

这样一个命题，其实是符合管理学原则中的SMART法则的，这5个字母分别代表了目标达成所需要符合的5个元素，因此我要制订一套详细的计划，配合行动来达成我的目标。3年的时间，除了上好北师大的英文系课程以外，我需要每一天拿出多少小时才可以达成一万小时训练呢？总额加在一起是4000~5000小时，那么每一天至少是3~5小时，连续训练1000天，因此我就有了一个"1000天小树林计划"。

练习英语跟上台演讲一样，如果发音不好听，如果姿势没摆对，就会失去观众、掌声，让人嘲笑。所以，我开始在北京师范大学寻觅一个地方，这个地方一定要隐蔽，周围一定要没人，一定不能让周围人耻笑我，符合上述要求的场地就是——北京师范大学某个情侣谈恋爱的小树林，这里非常适合开展我的英文训练。

我还做了一个基础计算，大学生的可控时间只有3段，第一是早晨时间，第二是每天晚上课后的时间，第三是周六、周日时间。入学的时候，我还计划了要拿经济学的学位，周六、周日的时间基本上就是非可控时间，所以对于我来说，可控时间段就只有早上和晚上。

那个时候我还担任着学生干部，后来又当上了北京师范大学的学生会主席。因此我要调整一下时间，每天早上，我从5点钟读书读到8点钟，或者读到10点钟，连续坚持1000天，一万小时训练这件事情可能就能达成。

刚开始的时候，我非常痛苦，就在坚持了不到100天的时候，北京进入三九天，当时在户外小树林里站上15分钟，恐怕你能学会的英文单词叫freezing（冰冻、严寒），如果让你待上一个小时，恐怕你就是个ice cream（冰淇淋）。

到100天的时候，我终于坚持不下去了，当时我还忽悠了一批人陪着我去训练英文，我想要努力地坚持下去，但实在抗不过凛冽的寒风，最后，我觉得不能再做这个"1000天小树林计划"。

一个学期结束了，让我没有想到的是，自己的期末成绩排在年级的最前面。从那以后，北京师范大学提供的所有奖学金基本上被我包揽了，这可能就是一个因与果的关系。

在这个改变中，什么起到了最关键的作用呢？早起。我其实是一个早起专业户，早起会让一个人的精神状态非常不一样，5点钟起床的习惯，我已经坚持了18年。早起会让你比其他人多活出半天的精彩，每天早上5点钟起来，坚持学习3个小时，完全隔离朋友圈、电话以及邮件，沉浸在自己一万小时的训练当中，这是一个人立于不败之地的关键所在。

无独有偶，我所创办的GYL全球青年领导力是一个大型的公益品牌，旗下有700多位全球青年导师，其中很多导师都是500强的CEO，还有一些官员。在2016年全球青年大会的开幕式中，一位导师就透露了他的早起习惯。这位导师叫朱永新，是民进中央的副主席、全国政协的副秘书长。

朱老师每天4点半起床，已经坚持了43年的时间。他1957年出生，今年62岁，他在很年轻的时候，就保持着早起习惯。朱老师每年有300万的文字作品，这都来源于早起，每一天的思考也都来自于早起。

我希望早起能变成一种广泛传播的好习惯，于是就做了一个微信公众号，叫"张萌萌姐"。每天早上6点半，我们组织了一批人在线上早起，每天早上从4点半到6点半进行打卡，共同享受早起的习惯。

早起者的面容、笑容都是不一样的，骨子里透露一种自信；早起者更珍爱时间，更知道每一天如何挣扎着从被窝里爬出来，如何战胜一种叫"懒癌"的东西。所以，早起能让你比其他人多活出半天的精彩。

很多的事情就是因与果，自从我做GYL全球青年领导力以来，虽然创业时间不长，但我们已获得了一系列肯定。

GYL的成功表面看是光鲜亮丽，其实我们每一天都会工作17~18个小时，这不是心血来潮做的事情，而是持之以恒的坚持。

2016年12月31日，我是在"非你莫属"的团队中度过的。2017年

1月1日凌晨4点，我在朋友圈写下了一段话："今天是新年的第一天，我还是30岁，总结一下，来谈谈我的坚持。连续25年，每3~5年坚持训练一项硬本领；连续23年，坚持记日记，每日自省；连续17年，每天坚持早上5点钟起床，开始读书学习；连续16年，坚持每天1~2杯咖啡保持充沛的体力与精力；连续15年，坚持使用效率手册规划自己的时间；连续9年，坚持在旅行中学习思考，行走30多个国家；连续5年，坚持每年出版一本书；连续4年，坚持创业，迎难而上；连续4年，坚持每年演讲100场以上，训练自己的口才与表达；连续3年，坚持与人为师计划，每年向50个人物学习。"

这是一种精神，我想共享这种精神。一个人坚持跑在路上，他会觉得是一场漫无目的的马拉松，但任何一场马拉松都是有陪跑者的，这种陪跑者的精神会形成互助的力量，令更多人敢于登上马拉松的舞台。

很多人说我又忙又美，我认为忙且美应成为每个女性的追求，我们不是一个花瓶，是实实在在的独立女性。英文中有个词叫woman helps woman，女性帮助女性不是一种假想，它可以成为一种可能。

为了更好地实现女性互助，我们发起了一个社群——又忙又美社群，现在在这个社群中，我们把全球范围内很多希望自己能够又忙又美，并且能够实现又忙又美的小伙伴们聚集在一起。

我们觉得，平等互助也是一种女性精神。我们真诚地邀请你加入我们团队，成为其中的一分子。

因为你的努力可以成为引导别人向上的精神，这种精神叫又忙又美精神。20岁的生活方式决定了30岁的打开方式，早起是一种精神，为自己负责就是对自己的时间负责。"又忙又美"们，我为你们加油点赞！

扫一扫 看演讲视频　　　　　　　扫一扫 听演讲音频